THE SATOSHI CODE
ザ・サトシ・コード
I

著　呉一帆　逆凪まこと／FCP
イラスト　吾妻ユウコウ

Parade Books

登場人物紹介 ①

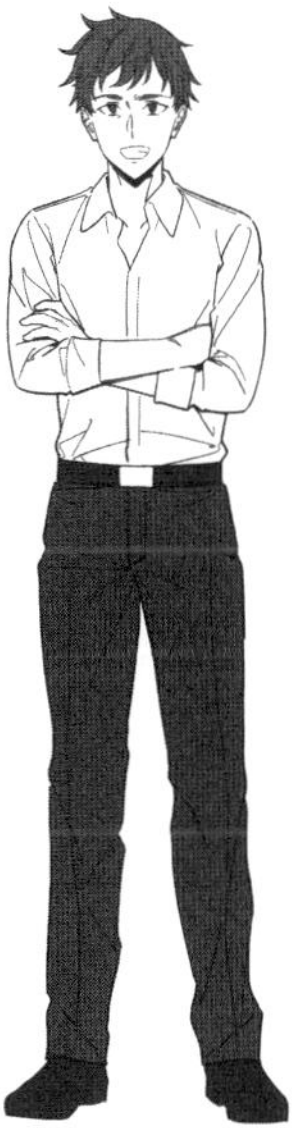

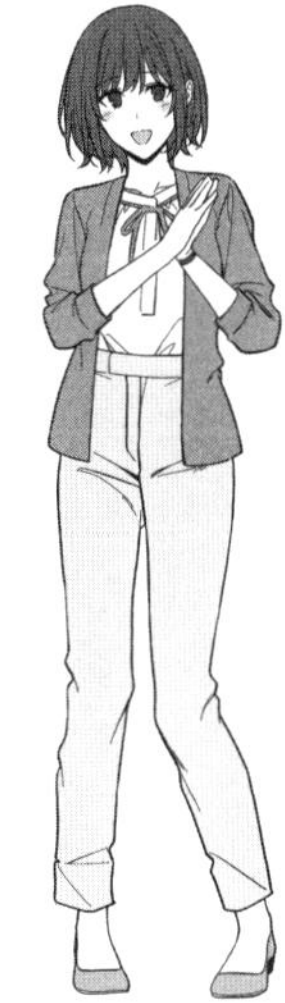

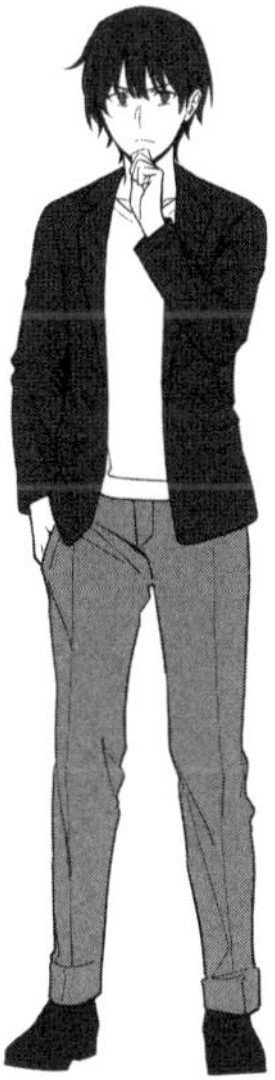

泉 涼佑

Ryosuke Izumi

光啓の同僚。お調子者で人を丸め込むのが得意。面倒見は良い。光啓が『Satoshi Code』探しをするキッカケを作ることになる。

志賀 奈々

Nana Shiga

一葉の親友であり、彼女の治療のため光啓と共に『Satoshi Code』を探す。体を動かすことが得意で戦闘力がやたら高い。

芥川 光啓

Mitsuhiro Akutagawa

保険会社勤めの一般人。妹の一葉の治療に必要な大金を手に入れるため、『Satoshi Code』を探すことになる。

登場人物紹介 ②

芥川 一葉

Kazuha Akutagawa

光啓の実妹で、症例の少ない大病を患い、長期入院している。明るく優しい性格で、病状が辛い時も可能な限り笑顔を絶やさない。

聯

Ren

裏稼業相手に手広く商売をする謎の多い人物。狡猾、享楽的、残虐、情深い、など関わる人により彼女を表現する言葉は異なる。

徳永 順

Jun Tokunaga

フリーのプログラマーで光啓の数少ない友人の一人。天才的な頭脳と短絡的な思考の持ち主で、派手な失敗談には事欠かない。

登場人物紹介③

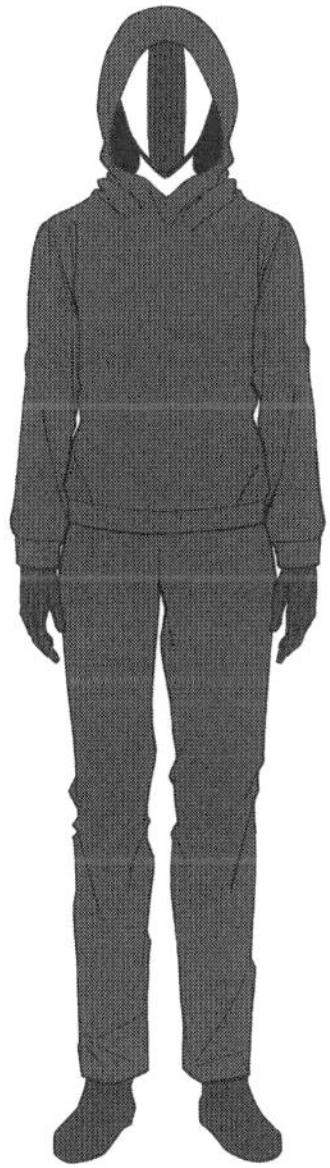

Satoshi Nakamoto

サトシ・ナカモト

ブロックチェーン技術とビットコインを発明した謎の天才。『Code』を全て見つけた者に3兆円以上の価値を持つコインを譲ると宣言した。

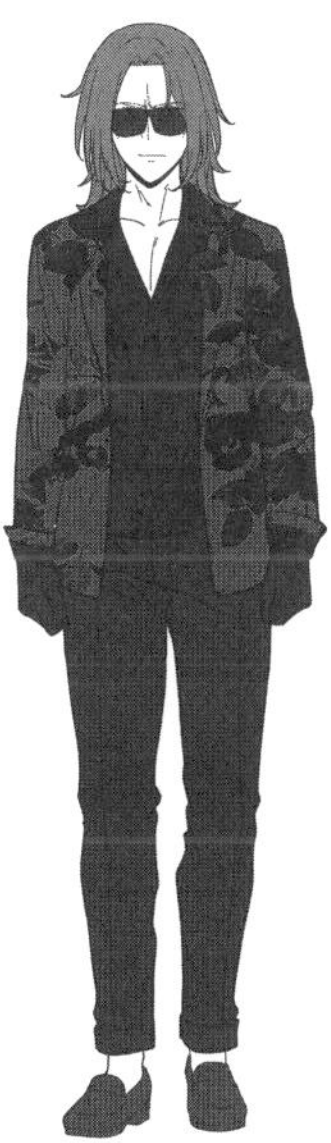

太宰 作之助

Sakunosuke Dazai

『Satoshi Code』を狙うヤクザ。目的のために手段を選ばず、他人の命に対する関心も薄い。彼を恨む人間は多いが、慕って従う者達もいる。

高見 寧

Nei Takami

一葉の主治医。仕事を超えて一葉に寄り添ってくれており、一葉と光啓からは家族のように慕われている。

目次

第一話

その駄菓子屋には、ツケというシステムがあった。

店主の老婆は台帳に、どの子が何をツケで買ったかを書き留めていた。

しかし、ある日、悪い子供がこっそり台帳の中身を書き換えてしまい、駄菓子屋は大混乱に陥った。

そこで駄菓子屋の平和を願う子供たちは二度と同じことが起こらぬよう、ツケの情報を老婆ひとりではなく子供たち全員で管理することにした。

全員が台帳を持ち、『同じ情報』が『同時に複数』存在するようにしたのだ。

更に、情報を更新する時は台帳の持ち主の半数以上が確認をしてから、というルールも決めた。

これでまた誰かが台帳の書き換えを企んだとしても、正しい情報が失われることはなくなった。

「——とまあ、ビットコインとかで使われてるブロックチェーンの大雑把な考え方としてはこんな感じかな。台帳の新しいページ作りをしてくれた子にはお菓子をあげるとか、これを実現するために必要な諸々の仕組みはあるけど……。ともかく、直接のハッキングによるリスクがないってメリットがあるんだ」

そう告げた芥川　光啓（あくたがわ　みつひろ）の前で、志賀　奈々（しが　なな）は、うん、と真剣な表情で頷き。

「ツケを許してくれる優しいお婆ちゃんのお店が守られて本当に良かった……！」

「そうだね……たとえ話の中のお店だけど」

「あ、でも説明のほうも、〝たぶん〟理解できました！」

「良かった。それで、本題だけど……」

光啓が触れようとする話題を察してか、奈々の表情がやや真剣なものになる。

「『Ｓａｔｏｓｈｉ　Ｎａｋａｍｏｔｏ（サトシ　ナカモト）』のこと、ですね」

「うん。何故、彼……あるいは彼女は、ブロックチェーンを生み出し、素性を明かさずに世に放ったんだろう？」

光啓は自身のスマートフォンの画面に目を落とし、そこに映し出された文字の向こう側にいる人物に語りかけるように続けた。

「そこに、この一連の奇妙な出来事の真相へ繋がるヒントがあるような気がするんだ……」

開かれたメッセージアプリには『未来に光を』という文字だけが淡い光の中にあった。

一ヶ月前――

落ち着いた色合いのカーテンとラグ、木目の美しいテーブル、柔らかさにこだわったソファ。

快適な休日を過ごすためにと勤め人になってからこだわりをもって整えられたリビング。今は事情があって素材にこだわる余裕はなくなってしまってはいるが、ここでゆっくりと紅茶とお気に入りのクラシックを嗜むのが、激務の日々を送る光啓のささやかな楽しみだった。

……のだが。

「……何？」

唐突に電話をかけてきた相手の男に対し、光啓は不機嫌を隠しきれていない声で言った。

『なあ、急で悪いんだけど、ちょっと頼みがあってさ。今……』

「僕、休みなんだけど」

光啓は彼の言葉を叩き切るように口を挟んだ。電話の向こうで話す男——同僚の泉涼佑（いずみ　りょうすけ）が持ってくる「頼みごと」は毎度ろくなことがないからだ。

「せめて、明日出勤してからに……」

『理由は説明できねーけど、めっちゃくちゃ緊急なんだよ！　ってわけで今からそっち行くから、よろしく！』

「ちょ、ちょっと待っ……あ」

何とか断ろうとする光啓を無視して、涼佑は一方的にまくしたてて通話を切ってしまった。

「相変わらず人の話を聞かないんだから……」

困った相手だが、それがわかっていて電話に出てしまった自分のせいでもある。のんびりと音楽鑑賞をするのを諦めて、涼佑と、恐らく彼が「頼みごと」と共に連れてくる誰かのためにカップを用意するのだった。

「……それで」

光啓は向かいのソファに腰掛けたふたりの客人を前に溜息を吐き出した。

「それが〝理由の話せない緊急の案件〟？」

「ごめんなさい！　まさかこんなことになるなんて思ってなくて……」

奈々が申し訳なさそうに言うのに、光啓は「君が悪いんじゃないよ」と諦めの深い笑みを浮かべた。

光啓が予想した通り、涼佑はひとりの女性を伴って現れた。予想外だったのは、それが顔見知りの奈々だったことだ。

「志賀さん？」

「なんだお前、知り合い？」

涼佑が興味津々といった様子で光啓と奈々を交互に見たが、その当事者ふたりのほうは、なんと説明したものかという顔でお互いの顔を見合わせた。

友人という間柄ではないが、ただの知り合いという浅い関係ではない。それどころか光啓の家族にとって小さくない縁があるのだが、同僚のひとりでしかない涼佑に家庭の事情まで伝える気は光啓にはないのだ。

「ええっと……まあ、そんなところです」

奈々のほうもそんな光啓の考えを察したらしくどう説明しようかと困ってるようだったが、当の涼佑のほうは関係についてはまったく興味はないらしく「だったらちょうどいいや」と単純に笑った。

「おれの取引先のスポーツ用品メーカーのおっさんが、保険のことで困ってる社員がいるから話だけでも聞いてやってほしいってさー」

「……それでなんで家につれてきたのさ」

「やー、話を聞くなら本人とするのが一番じゃん？」

もっともらしいことを言っているが、絶対自分で聞くのが面倒だっただけだろ、と光啓はじとりと涼佑を見たが、当の本人はまったく悪びれた風もなく「暇つぶしにもちょうどいいじゃん」などと言う始末だった。

「お前、いっつも休みの日は家でぼーっと暇してるだけじゃん」

「……別に、ぼーっとしてるわけでも、暇してるわけでもないよ」

「暇じゃないって、もしかしてあれか？　お前も例のコード探しか」

『コード探し』とは、一年前にネットを騒がせた『宝探し』だ。

曰く、様々な場所に隠された秘密の言葉を集めた者は巨額の富を得ることができる

という。

その額、約三兆二〇〇〇億円。オリンピックが開催できるほどの金だ。

主催者は『Ｓａｔｏｓｈｉ　Ｎａｋａｍｏｔｏ』……世界で最初の仮想通貨ビットコインの創始者にして、正体不明の天才だ。

突如としてネット上に現れ、仮想通貨技術を発表した彼（あるいは彼女）は、二〇一一年四月以降、ネット上から姿を消した。

保有している莫大な価値を持つビットコインも手つかずのまま、十年以上が過ぎた一年前……『Ｓａｔｏｓｈｉ　Ｎａｋａｍｏｔｏ』はＳＮＳ上に現れた。

そして、実際に『Ｓａｔｏｓｈｉ　Ｎａｋａｍｏｔｏ』が保有していたビットコインを〝動かし〟、本物であることを証明してみせた後、「全てのコードを集めた者に、私が保有しているビットコイン全てを譲渡する」と残し、再びその消息を絶ってしまった。

「あれから一年も経ってるんだよ。あんな雲を掴むような話、本気にしてる人なんてもういなくなったんじゃないの？」

「だから狙い目なんじゃねえか。競争は少ない方がいいだろ。それにお前、変な知識めっちゃあるし、謎解きとか好きじゃんか」

「……その話は置いといて」

このままだと協力させられる流れになりそうだったので、変に逸れてしまった話題を戻すように、光啓は視線を奈々の抱える荷物に向けた。

「それが〝理由の話せない緊急の案件〟？」

「だってそうでも言わないとお前、引き受けてくれないだろ？」

「当たり前でしょ、休みなんだから」

このお調子者に何度振り回されたことか。光啓はあからさまな溜息を吐き出した。

見た目だけはお人好しそうなイケメンだから頼みやすいのか、この男がこうして取引先からのお願いごとやら厄介ごとを持ちかけられては気安く受けて、光啓に丸投げしてくるのはいつものことだ。それがごくごくわずかではあるもののちゃんと仕事に繋がることがあるので、まったく無視することもできないのが厄介なところなのだ。

（けど……今回のこれは明らかにハズレだよなあ）

涼佑もそれがわかっているから理由を話さなかったのだろう。貴重な休日を潰されたイライラがまたひとつ深まって、光啓はちくりと刺すように涼佑を睨んだ。

「なんでこう、安請け合いしちゃうかな」

「困った時はお互い様だろ？」

「それを解決してるの僕だけどね」

「あの！　ね！」

どんどん光啓の空気が剣呑になっていく気配を感じてか、奈々がやや強引にふたりの間に割って入った。

「とりあえず、話、聞いてもらって良いかな」

「あ……うん、そうだね」

確かにこのままふたりで言い合いをしていたところで休日が消えていくだけなので、仕方なく奈々の提案に頷いたものの、彼女が抱えている包みの形と大きさから、光啓は何となくこの先の展開がわかっていた。

奈々がその包みをテーブルの上で開いていく。

「これなんですけど……」

そうして広げられたのは、光啓の予想していた通り一枚の絵画だった。なんとも言えないような色使いをした油絵らしい作品と成金趣味な額縁を前にげんなりしている光啓の様子には気付かず、奈々は誰かから渡されたらしいメモを取り出して説明する。

「えーと……これ、今まではぱっとしてこなかったけどインフルエンサーがＳＮＳで紹介してから話題になってる十八世紀の画家の作品なんだそうです。元々数が少なかったせいもあって、有名な画廊でも作品が手に入らないらしくて、希少価値が……」

「……つまり、この絵に保険を掛けたいって話だよね？」

持ち主の自慢げな顔が見えそうな長ったらしいメモを律儀に読み上げる奈々を、光啓は思わず遮った。

「でも、どうして志賀さんが？」

「持ち主の人がね、盗まれたりしたらどうしようって困ってたから、話を聞いてる内に頼まれちゃって……」

絵は「鑑定が必要かもしれないから」と半ば強引に渡されたらしい。こんな個人的なことでわざわざ光啓に連絡したら迷惑だろうと悩んでいたら、それが社長の目に留まって涼佑の耳に入ってここまで連れて来られた、というのが顛末らしい。本人は遠慮したのに光啓の元にやって来たというのだから、苦笑するしかない。

「美術品なら動産総合保険になるかな……たぶん掛け捨てになると思うけど大丈夫？」

「……やっぱり高いですか？」

奈々の不安げな声に、やはり心配ごとはそこだよな、と思いながら光啓は「ごめん」と素直に頭を下げた。

「こういうのは代理店の仕事で、僕みたいな本社営業じゃ直接扱ってはないからね。僕じゃちょっとそこまではわからないよ」

「お前、骨董品とか好きじゃ無かったっけ。鑑定とかできねーの？」

「専門外。保険にかかる金額は、絵画の値段や価値とイコールじゃないし」

「そっかあ……」

がっかりした様子の奈々に、申し訳ないような気持ちになったが、そもそも涼佑が最初からきちんと話を聞いていれば、無駄足を踏ませることはなかったのだ。内心で溜息をつきながら光啓は手帳を開きながら続ける。

「まあ、何人か専門を知ってるから、良さそうな代理店を紹介するよ」

「ありがとうございます！」

「さっすが芥川、頼りになるわー」

気楽に喜ぶ同僚の調子の良さに本日何度目かわからない溜息をつきながら、光啓はもうほとんど冷めかけの紅茶を口にし、ふと口を開いた。

「――それにしても、複製品にわざわざ保険を掛けるなんて、よっぽどその絵が気に入ったんだね、その人」

「「え？」」

光啓の声に、ふたりの驚いた声が重なる。

「複製……!?」

「……聞いてないの？」

「ほ……本物だって聞いてますけど」

奈々の困惑した表情に、光啓は眉を寄せた。

「……残念だけど、贋作（がんさく）を掴まされたみたいだね」

光啓の言葉は容赦がない。

「となると、どこで買ったのかが問題だなあ。うちの取引先で引っかかる人が出ないよう注意喚起しておきたいから、できればその人に買った経緯を教えてもらいたいんだけど……」

光啓の関心がすでに別の方向へ動いている中で、涼佑は戸惑いを隠せない様子でソファから立ち上がった。

「なあ、どうして本物じゃ無いってわかったんだ？」

「どうしてって……んー、まず美術品に保険をかけるのを他人任せにしちゃうような人が、そんな希少価値の高い作品をホイホイ手に入れられると思えないから、怪しいと思ったんだよね」

さんざんな評価に奈々がちょっと複雑な顔をしたのに気付かず、光啓はトントンと額縁を指で叩く。

「さっきの説明だと……十八世紀の作家なんだよね？　それにしては額縁の時代が古すぎてズレてるし、逆に油絵の具の劣化がなさ過ぎる。少しのひび割れも無いのは不自然だし……この贋作を作ったの、本職じゃないのかな？　あとは……ちょっと失礼……ああ、やっぱり」

目を丸くするふたりをよそに、光啓は絵を裏返して額縁の裏を外すとひとり納得して頷いた。

「わりと最近作ったやつだね、これ」

「最近⁉」

もうほとんど悲鳴のようになったふたりの声に、光啓は淡々と説明を続ける。

「キャンバス地が真新しいでしょ。最近になって人気が出て、手に入りにくくなったのに目をつけた誰かが、儲かると思って作ったんじゃないかな……ん？」

他に何かおかしなところは無いだろうかと、隅々まで眺めていた、その時だ。

絵画の角度を変えた瞬間、その違和感が光啓の目に留まった。

（今、何か見えたような……）

疑問に思ってよく目をこらすと、絵の具の盛り上がった箇所が光を受けて何かの形を浮かび上がらせたのだとわかる。そこに意図的なものを感じて、あらゆる角度へと絵を傾けていくと、それはある規則性をもって光啓の前にその疑問を提示した。

「アルファベット……？　h……o……――」

光啓はその文字を紙に書き出していく。

「howdo，youtrust……妙なところで区切られているけど……How do you trust かな？」

『どうやって信用する？』

それはまるで光啓自身にそう問いかけてくるようで、光啓はこのメッセージを仕込んだ者に奇妙な興味を抱いたのだった。

第二話

How do you trust――『どうやって信用する？』

（これは……確かにメッセージだ。でも、誰が、一体何のために……？）

光啓は、ただの粗雑な贋作だと思っていた絵画に仕込まれていたメッセージをじっと見つめた。見た者に対して尋ねかけているようなそのメッセージこそ、この絵画の狙いなのではないかと直感的に思ったからだ。

「おい、どうした？」

「芥川さん？」

呆けたようにじっと絵を見つめている光啓に、ふたりは首を傾げていたが、光啓はそんなふたりの視線に構わず、絵をひっくり返してその裏面を確認すると、小さく息をついた。

「やっぱり……この額縁も〝そう〟なんだ……」

「なあって！　どうしたんだよ、急に。その絵になんか問題があんのか？」

自分の世界に入ってしまった光啓にじれたように涼佑が声をあげると、光啓はようやく息を吐いてふたりに向かって視線を上げた。

「これは、ただの贋作じゃないみたいだよ」

「どういうこと？」

「これは、メッセージだ……何者からかの、ね」

「「えええ!?」」

光啓の言葉に、ふたりは本日二度目になる驚きの叫び声を重ねる。

「悪いけど、志賀さん。この絵の持ち主に、どこで買ったのかとか詳しく聞いてもらっていいかな？」


その数日後。

「……本当に、この絵を描いた贋作師を探すの？」

「うん。贋作の出回るルートは掴んでおきたいからね」

スマートフォンに表示された地図を頼りに迷いなく歩く光啓に対して、奈々はあまり気が進まない様子で周囲を見回した。

それもそのはずで、光啓たちの歩いている場所は表通りから離れた飲み屋の雑居ビルで、ごちゃごちゃとした昼間でもやや薄暗い裏道だ。

贋作師、という響きも、普通ならあまり関わりたい相手ではないのだから、当たり前だろう。

普段なら光啓も、触らぬ神に祟りなし、と言うところだが今回は事情が違った。

「うちの取引先がうっかり引っかかってしまわないように、対策しておきたいし」

とはいえ、それはほとんど建前で、光啓をつき動かしていたのは強い好奇心だ。

(ただそっくりに作れば良いはずの贋作に、わざわざあんな文章を仕込んだのには、何か意味があるはずだ)

一定の角度で見なければ気づけないとはいえ、購入時にバレるリスクを考えれば時間が経ってから露出されるようにしてあったのだろう。

そんな細工ができるほどの腕がありながら、少し詳しい人間が見れば贋作とわかるような粗雑な出来というちぐはぐさ。額縁の年代のズレ。

(あれは、どう考えても見つけてくださいって言ってるようなもんだ)

あえてそんなものを作った理由を突き止めたいと、自身のコネクションを色々と頼った結果「もしかしたらこの人なら知っているかも」という人物の紹介を受け、その人と会うために休みまで取ったのが昨日のこと。

できれば何か手がかりを掴むために例の絵を貸してほしい、と光啓が頼んだところ、奈々の方から同行を申し出てきたのだ。

「べつに、来なくてもよかったのに」

「元々私が頼まれたことだし、こんな大きな荷物もって歩くの大変ですよね？」

体を動かすことが好きな奈々と比べて、インドア派の光啓には体力が無いので、その申し出は正直ありがたくはある。だから、彼女が同行しているのはいいのだが。

「いやー、お前マジですげーな。こんなすぐ贋作師の手がかりにたどり着くなんてさー」

「…………」

その隣からのんきな声を上げた涼佑については、まったく呼んだ覚えがない。光啓は本来仕事中のはずの同僚をじとりと見やった。

「……なんで涼佑がついてくるの？」

「なんでって、おれが持ち込んだ案件なんだから当たり前じゃん？」

そんな光啓の反応にまったく堪えた様子もなく、さも当たり前という顔で開き直っている涼佑には、経験上何を言っても無駄だ。どうせ、光啓が何もなく休むはずがないと当たりを付けて来たのだろう。それだけの根拠でわざわざ光啓の家の前で待ち伏

せていたのだから、その根性には頭が下がる。

（仕事もそのくらい熱心ならいいのに）

深々と溜息を吐き出した光啓に、奈々は心配そうに声を潜めた。

「……いいんですか？」

「ここまで来たんだから、仕方ないよ」

ふたりの遠慮の無いやりとりに、仲が悪いと思っているのかもしれない。気遣うような視線を交互に送られてきたが、光啓は肩をすくめて苦笑した。

「どうせ、今から帰れって言ったって無駄だろうし」

「そーそー」

自分のことを言われていると思えないような態度でにこにこと笑った涼佑は、光啓の肩に馴れ馴れしくもたれかかると、その手元のスマートフォンに映された地図を覗き込んだ。

「しっかし変なところで約束したんだな。この辺りってキナくさい店とかぼったくりが多いってんで有名なとこだぜ」

「相手からの指定だから、仕方が無いよ」

「ふーん？」

光啓のそっけない態度も気にする様子なく、涼佑は首を捻る。

「ほんとお前のコネクションって変わってるよなー。正直こんな数日で、手がかり掴んでくるとは思わなかったぜ」

「ほんとです！　私もまさか、連絡が来るなんて思ってませんでした」

「僕もちょっとびっくりしたけど、美術系の流通に詳しい人がいたから」

涼佑と奈々がそれぞれ感心した様子であることに、光啓はほんの少し照れくさげに頬をかいた。

「それにこういう変わった話が好きな人が多くてね。心当たりを手当たり次第当たってくれたみたい」

「へえー」

「暇人かよ」

奈々は素直に感心しているようだったが、涼佑は自分とは性格が合いそうにないと思ったのか、やや微妙な反応だ。

「例の『Ｓａｔｏｓｈｉ　Ｎａｋａｍｏｔｏ』も探してるヤツがいたりして」

「まあ……いるかも。みんなちょっと、変わってるし」

「お前が言う？」

あいまいに応じる光啓に、涼佑は呆れた声を上げた。

「お前だって、相当変わってるぞ。あー、だからか。類は友を呼ぶってヤツだな」

「…………」

実際、光啓が取引先で知り合った人たちは、一般的な感覚の持ち主には共感してもらいにくい話で意気投合したケースが多いので強く否定できない。そして、保険会社という仕事柄、取引先も職種が多岐にわたっているので、余計に顔が広くなっているのは事実だ。だが、変わっていると言われるのは光啓を複雑な気持ちにさせた。

(どうせ、僕は変わり者ですよ)

社内でもそういう扱いを受けている自覚はある。こんな風に関係なく絡んでくるのは涼佑ぐらいのものだ。そういう涼佑こそ変わっているのではないか、と思うが、彼の場合はただ人付き合いがフラットすぎるだけのようでもある。

「で？　で？　贋作師を知ってるかもしれないって相手、どんなヤツ？」

光啓の内心など知らず、涼佑はお気楽な調子のままだ。

「探偵とか、警察とか？　おれの知り合いに全然いなさそうなヤツだといいなー」

興味津々と言った様子だが、半分はうまくやって自分のコネクションにできたらなあ、などと考えているのが丸わかりの態度だ。どうせそんな理由でついてきたのだろうと最初からわかっていたので、光啓は少し意地の悪い気持ちで「たぶん絶対に知り合いにいないタイプだよ」と声を潜めた。

「美術品関連のディーラーのなかでも、密かに知られた人物らしいからね。市場に出回らないものでも、その人に頼めば手に入る、とか」

「…………ちょっと待てよ、それって？」

さあっと顔色を変えた涼佑に、光啓はわざとらしくゆっくり頷いてやった。

「まあ……その筋の人、かな」

「おいおいおい、ちょっとそりゃマズいんじゃねぇの？」

一応、奈々に気を遣ったらしくひそひそと声を潜めはしたが、涼佑の顔色は不安と同時に計算高い警戒が滲んでいた。

「そりゃな、仕事柄ちょーっと怖いひとたちが後ろにいそうだなーって取引先はあるけどさ。仕事以外で関わったってなったらさ」

「まあ……部長とか、そういうのうるさそうだよね」

頭の固そうなお互いの上司の姿が頭に浮かび、涼佑の顔はわかりやすく真っ青になった。だが、人の話を聞かずに勝手についてきたのは涼佑のほうである。

「ちょ、マジでやばいやつじゃんかよー！」

「今更？」

思わずツッコミを入れてから、光啓は溜息を吐き出した。

「今からでも帰れば？　この辺りはよく知ってるんでしょ？」

「うう……まあ、そうなんだけどさ……」

しれっと言ってやると、涼佑は難しい顔をした。

「ここまできて、じゃあ帰るってのもなあ……志賀さんはうちの取引先の子だし、放っとくわけにも……けど部長も怖いし……」

好奇心と保身の天秤ががっくんがっくん揺れているのだろう。しかし残念ながら、涼佑がぶつくさと呟いている間も、誰も足を止めていないのだ。地図上で目的地を示す点が自分たちの現在地と重なったところで、光啓はスマートフォンをポケットにしまった。

「……悩んでるとこ悪いけど、もう着いたよ？」

「ええ⁉　ちょ、心の準備が……！」

涼佑はあわあわし始めたが、後の祭りだ。

待ち合わせ場所として指定された店の前には、すでに〝相手〟が光啓たちの到着を待っていた。

「あなたが、聯（れん）さんですか」

「そうよ」

柔らかな声で答えたのは、裏稼業の人間とはまったく思えないような、穏やかな笑みを浮かべた女性だった――……。

第三話

「あなたが、聯（れん）さんですか」

「そうよ」

　にっこりと微笑んだ会うと約束した相手に、光啓は意外な気持ちで目を瞬かせた。

（女性……だったのか）

　紹介してくれた相手からは、贋作を作った相手を知っていそうな人物――つまり裏稼業の人間だと匂わされていたので、まず女性であることに驚いたのだ。そして、彼女のハイブランドの黒いスーツ、流麗な所作の全てが、この薄暗い裏通りには似つかわしくないものに思えた。

「お待たせして申し訳ございません。伊田より紹介いただきました芥川と志賀です。こちらは泉……えー、同僚です」

　光啓がかるく自己紹介でもすべきかどうか悩みながらとりあえずの挨拶をすると、聯という女性は微笑みを崩さないまま頷いた。

「ええ、伺っているわ」

その声色は穏やかと言ってもよく、ゆるくウェーブのかかった髪といい、目尻をさげた微笑みは柔らかそうな印象がある。だが、それを裏切るように、光啓たちを観察するような目の妙な威圧感が、彼女が修羅場を知っている側の人間であることを語っていた。

（……いきなりヤバそうなのが出てきたな……）

ちらと見ただけで心の中まで貫いてきそうな視線。うかつに動けば噛み砕かれそうな気配にびりびりとした警戒が光啓の中にわき起こる。が、そんな空気はまったく感じていないのか「うわー」と涼佑が間の抜けた声をあげた。

「すっげー美人！」

この状況で出てくるのがそんな言葉なのは、いっそのこと尊敬するべきか。一瞬、現実逃避しそうになった光啓をよそに、涼佑は遠慮無しに続ける。

「いやー、そのスーツお似合いですね！　お姉さんのようなグラマーな女性だと着こなすのが難しいのに、体に沿ったデザインがむしろ引き立てていらっしゃる」

「……ちょっと黙って」

「さりげないダイヤのカフスにもセンスが光ってるっていうか！　まあ、お姉さんの美しさの前ではそれも霞んでしまいますけどね」

光啓がやめろと肘でついているのにも構わず、涼佑はセールストークにしてはやや熱のこもった褒め言葉を垂れ流し続けている。ナンパでもしているつもりなのだろうか。

（いや、相手が誰かわかってんの……⁉）

女性はにこにこと笑っているが、その表情は涼佑の言葉がひとつも響いた様子はない。そんなお世辞は言われ慣れているだけかもしれないが、心持ち空気がひんやりとしたのに涼佑は気付かないのだろうか。こうなったら足でも思い切り踏んでやるしかないか、と思っていると。

「確かに、本当にお美しいですね！　それに足の筋肉の付き方！　無駄がないというか、引き締められているというか……もしかして、何かスポーツされてますか⁉」

「志賀さん……」

何のスイッチが入ったか、反対側からは奈々が身を乗り出さんばかりの勢いでそんなことを言い始めたのだから、光啓は頭が痛くなった。

（お願いだから少し危機感を覚えてくれないかな……⁉）

ふたりの態度に頭を抱えていると「ふふ」と甘やかな笑い声が、聯と名乗った女性の口から零れた。

「カワイイひとたちだこと」

面白がっているような、そのくせどこか蔑みを混ぜたような声は、柔らかいのにぞくりと冷たい響きがあった。

「……それで？　〝誰〟を探しているのだったかしら」

光啓は嫌な予感を覚えて奈々を後ろに下げさせながら、自身もゆっくりと足を引く。

「聞いていると思うけれど、わたしは美術品の取引を生業としているの。職業柄、変わった品物を扱うこともちろんあるわ。ちょっと大きな声では言えないような、ね」

「…………」

「そしてあなたは、そんな秘密の根っこを探している……そうね？」

「待ってください、その言い方は少し……誤解があるようです」

本来は、裏稼業に関わるような相手に弱気な態度を見せるのはあまりいい手ではないのだが、光啓は先程から聯が腕を組みかえるタイミングが気になっていた。

右腕が下に、続いて左手が頬に触れたあと、降りて肘を指でトンと叩く。それはどうにもどこかへ合図を送っているように見えるのだ。

（こんな状況で、彼女が誰に何の合図を送っているか……あまり考えたくないな）

聯と名乗る女性が、どういう立場から自分たちのことを見ているかが重要だ。空気が読めないような相手だと思われるならともかく、何かを探っているのだと認識されるのはまずい。

「僕たちはあくまであの絵がどうして作られ、どのルートで流れたのかを知りたいだけです。別に、犯人捜しをしたいわけでは……」

「あらそう」

あくまで自分たちは敵ではない、と光啓は両手を挙げんばかりの低姿勢を作ったが、聯はにっこりと微笑んだ直後、酷薄に目を細めた。

「『あの絵』を作った相手を探している人間がいると聞いて、どれだけの相手なのかと楽しみにしていたのだけど。まだ『そこまで』なの……ちょっとガッカリだわ」

その意味深な言葉は、最後の合図だったようだ。

いったいこの狭い通路のどこに潜んでいたのか、いつの間にか光啓たちの背後から複数人の男達が迫ってきていた。それも、見ただけで暴力を使うのに慣れた人間だとわかる。

「こんな漫画みたいなことある⁉」

「今、目の前で起こってるね！」

状況察知能力だけは高い涼佑が光啓を盾にするように後ろに下がってわめくのに対し、光啓もやけになったように怒鳴る。

「だから言っただろ⁉　裏稼業の人間に関わるのはマズイって」

「ついてきたのは涼佑の勝手でしょ！」

まったく役に立たなさそうな涼佑のことはともかく、奈々を巻き込むのはまずい。

光啓は今の状況を前に頭を回転させる。

（考えろ……幸い、男たちのほうはまだ油断しているし、殺意はない。武器らしきものも持ってない……つまりこれは脅し、または警告だ。そこに交渉の余地があるはず……！）

じりじりと近付いてきていた男たちの手が、光啓の腕を掴みかけた、その時だ。

「とぉう！」

妙にうわずった一声がしたかと思うと、光啓に向けて伸ばされた男の腕がぐいっと曲げられた。

「……へ？」

突然目の前で起こったことが理解できないでいる内に、次の瞬間には男の大きな体がぐりんっと光啓の目の前でひっくり返り、どしんと音を立てて地面へ倒れていく。

「……え？」

何が起こったのかわからないで光啓が目を丸くしていると「これ持ってて！」と続いた声とともに絵を包んだ荷物を光啓に押しつけて、奈々がずんずんと男達の方へ向かって行くではないか。

「お、おい！」

「危な……！　……い？」

慌てて止めに入ろうとした光啓たちは目の前で始まったその光景に、揃って止めようとした手を逆に引っ込めた。

まず一人目の男は、ニヤニヤ笑いをしたまま奈々を掴もうと伸ばしたその腕を、奈々に取られ、次の瞬間には、スパンと足を払われて体が前に倒れ、そのまま壁に頭をつっこんで沈んだ。

二人目はその状況に驚いている間に、いつの間にか迫っていた奈々にシャツを引っ張られてバランスを崩したところを、支えていた足を払われてぐるんと体がひっくり返り、地面に後頭部をしたたか打ち付けて沈黙。

さすがに三人目ともなると警戒したのか、彼へ振り返った奈々の正面から殴りかかろうとしたが、小柄な体がすっと屈んだせいでパンチは盛大に空をきり、その下からバネのごとく伸び上がった奈々の頭に顎をぶつけられて悶絶するはめになってしまった。

「え、なに彼女、格闘家？」

「……ただのスポーツ用品店の社員さん……のはず、だけど……」

ぽかんとする涼佑に、光啓もツッコミを入れるのがせいぜいだ。

そうこうしているうちに最後のひとりまで倒しきって、奈々は埃を払うようにパンパンと手を叩くと、はあーっと大きく胸を撫で下ろした。

「こないだやってた護身術の配信、見てて良かった～！」

にっこり笑って手を叩いている奈々は、怪我どころか汗ひとつもかいた様子がない。

「……配信？　護身術⁇」

え、意味が分かりませんけど、と光啓の頭は疑問で一杯だ。

「……彼女、ヤバくない？」

涼佑が尊敬とも恐れともつかぬ呟きを漏らしたのに、光啓も今回ばかりは同意見である。

（とりあえず、男たちは何とかなった。問題は……）

彼らをけしかけた聯の目的だ。どう出るかを確かめようと光啓が振り返る、と。

「う……うふふ……アッハハハハ！」

その場に不釣り合いな笑い声が響いた。

「やるわねぇ、お嬢さん」

パチパチとわざとらしい拍手をしているのは聯だ。先程までの強い敵意の気配を消した聯に、はあっと光啓は肩を落とした。

「……やっぱり、試したんですか」

「なんだ、わかってたの」

「本気ではないってことぐらいは」

男たちに武器が無かったこともそうだが、自分たちを襲うことが目的なら挟み撃ちにすることができたはずなのだ。それが後方を塞いだだけ、ということは、痛い目にあいたくなければ関わるなという脅しのほうが目的だろうと推測できた。

（とはいえ、殴られるぐらいはしたろうから、志賀さんがいなければ逃げ出すしかなかったけどな）

そんな内心の冷や汗を隠し、光啓は「それじゃあ」と探るように聯を見る。

「合格……ということで、いいんですか」

「ふふ。まさか」

楽しげに笑っているが、返答はにべもない。

「あなたたちのような一般人にこうして会ってあげるだけでも、こちらが相当リスクを負っているのはわかるでしょう？　無傷でお帰ししてあげるのがギリギリの優しさよ」

（ですよね……）

聯の言葉はもっともだ。好奇心のあまり、焦って事を進めすぎたな、と光啓が悔いたその時、「でも」と囁くような声が続いて、いつの間にか近付いた聯の指が奈々の頬をついっとなぞっていく。

「は、はわわ……!?」

妙に艶やかな仕草に、奈々が顔を真っ赤にするのを楽しそうに眺めて、聯は続けた。

「この勇敢でかわいいお嬢さんに免じて、紹介だけはしてあげる——『その先』はあなた次第というところかしらね」

まるで何かを試そうとするかのような視線に、彼女は光啓の探していること以上の何かを知っているのではないかという予感がしたが、今はこれ以上の追求は無理だろう。

（とりあえず、糸は繋がった。それだけで満足しておくべきかな……）

光啓は頷いて彼女がどこかへ電話を掛ける姿を眺めたのだった。

第四話

「……私を探していたというのは、お前らか」

　警察には届け出ないこと、互いの名前を明かさないことを条件に、聯から紹介された小さなアトリエで光啓たちを迎えたのは、日の光を浴びたことがないのではないかというほど青白い肌をした、げっそりと病的な雰囲気の老年の男だった。

「……ふん」

　どういう説明をされたのか、まるで値踏みをするように光啓たちをじろじろと眺めたまま沈黙してしまったところをみると、だいぶ偏屈なタイプのようだ。だらだらと世間話のできそうな雰囲気でもなかったので、光啓は持ってきた絵を机の上へと広げて見せた。

「これは、あなたの作品ですね？」

「……それが、なにか」

　警察ではないと聞いているからなのだろう、開き直ったような無愛想さにめげず、

光啓はじっと男を見つめる。

「この絵には、ある角度でしか見えない文章が描かれていますよね。何故、そんなことを？」

「……！」

途端に、男は「気付いたのか」と呟いて、その目をわずかに光らせた。

「その文章の意味はわからん。私が頼まれたのは、指定された絵の贋作を作ることと、その文章を普通には見えないように入れることだけだ」

そう言って、男は絵の額縁をそっと撫でながらどこか満足げに目を細める。

「この仕事は苦労した。せっかく完璧に本物を再現しても、そんな加工をすれば贋作としては台無しになりかねん。紫外線にしか反応しない塗料を使う手もあったが、それではあまり味気ない。だから……」

よほど自分の技術が誇らしいのだろう。先程までの無愛想が嘘のように、男はべらべらといかに難しい技術なのかを語りはじめた。こんな風に自慢げな様子を隠さない相手なら、うまくつつけば詳しい話を聞けるのではないかと、光啓は「こんな変わった依頼、ありえないですよね」と言葉を選びそっと会話を誘導する。

「普通なら贋作としてまったく使えなくなってしまう……よほどあなたの腕を見込ん

だんでしょうね」

「……ふん。まあ、他にこんな面倒な依頼、受ける者はおらんだろうよ」

案の定、少し持ち上げると男はわずかにだが口角をあげた。

「依頼者は、なんのためにこんな依頼を?」

「さあ……わからんね。私も、暗号か何かなら適当な絵の額縁の間にでも仕込めばいいだけだし、そのほうが早いし安いだろうとも言ったんだが、どうしてもこの絵の中に仕込んでほしいと頑なに譲らなかった」

それがどれだけ難しいかも説明してやったのに、と男が困惑と自慢をあわせたような息をつき、肩をすくめるのを見ながら、光啓はどういうことだろうかと内心で首を捻る。

男が言うように、ただの暗号ならわざわざ贋作として作る必要もないし、誰の手に渡るとも知れない市場へ出すのはリスクが高すぎる。

(しかも今話題になっている作家の作品を選んだのは――人目につかせるためだ)

この絵が――いや、この暗号になっている文章が不特定多数へのメッセージなのだという確信が強まる。

だが、男はそのあたりについては聞いてはいないらしく、あれこれと言葉を巧みに変えながら探りを入れてみたが、ただただ首を傾げるばかりだ。

（まあ……これだけあっさり依頼内容を口にする男に、重要な秘密を渡すわけはないか）

これ以上の情報は諦めるほかなさそうだ。他に何かを知っていそうな相手と言えば先程会ったばかりの聯ぐらいだが、彼女をあてにするのは少し危険なような気がする。

さてどうするか、と光啓が考えを巡らせていた、その時だ。

「ああ……そうだ、ひとつだけ」

と、男は思い出したように言い、汚れた引き出しを開けて薄い封筒を差し出してきた。

「あの絵からここに辿って来る人間がいれば、この封筒を渡せとメモと一緒にポストに入れられていた。これまで詐欺師やヤクザに様々なもんを作らされてきたが、こんなことは初めてだった」

切手も無く、何も書かれていない封筒だ。

光啓は涼佑と奈々の顔を見てから、ノリ付けされた封筒の口をゆっくりと切り開いた。

……どこかに予感はあった。

こんなに金のかかる大がかりな仕掛けを、まるで意図がわからない児戯のために用意し、何かを試そうとしている感じ。

封筒の中から出てきたのは、一枚の紙だった。

ただ名前がひとつ記載されただけの名刺。

光啓は思わず、「は」と無意識に笑ってしまった。

「……！　おいこれ、名前！　『Satoshi Nakamoto』って‼　お、おおい⁉　ちょっ⁉　えっ⁉」

「……まだ断定していいか、わからないけど」

涼佑は興奮気味に言ったが、光啓は頭の片隅にあった名前を現実に目の前にして小さく息を吐いた。

「もしかしたら、僕らは〝宝探し〟の鍵を手に入れたのかもしれない」

日本の各地に散りばめられたという莫大な金と、その鍵。途方もない幻のようなものだと思っていたものの先端が指の先に触れた感覚に、光啓は滅多に動揺しないはずの自身の心臓が興奮に音を上げるのを聞いたのだった。

＊＊＊

「ふーー……なんか、びっくりしちゃいましたね……！」

アトリエを後にしてすぐ、奈々は興奮冷めやらぬ様子で息を吐き出した。

「『Ｓａｔｏｓｈｉ Ｎａｋａｍｏｔｏ』って、あれですよね。最近また話題になってる、宝探しの仕掛け人！」

「世間ではそういう認識なんだ……」

芸能人の噂話を手に入れた、というのに近い奈々の反応に、光啓はわずかに苦笑した。ネットで噂になった程度の話が現実に存在しているという事実と、恐ろしいほどの大金に繋がる手がかりを手にしたのだという実感がまだ湧いてこないのだろう。光啓も、ただあの絵の中にメッセージを見つけただけなら、同じように純粋な好奇心をくすぐられるだけで済んだのかもしれない。

だが、贋作師を見つけるために光啓が使ったコネクションは、取引先も何かあった時にしか使わないようなあまり表に出せない類いのもので、そこから繋がった聯という女性は本物の裏稼業の人間だ。

直通の連絡先を持たない贋作師を使い、依頼から報酬の受け渡しまでを全て足のつかない方法で行った用心深さ。そうして自身の痕跡を消しながら、これを仕込んだのは自分なんだぞと、それを探す人間にわざわざ知らせてくる人物がただの愉快犯のはずがない。何の目的があるのかわからない以上は、慎重になるべきではある。一方で、このチャンスが偽物であると断定する材料はなく、手放すのは悪手だ。

(また接触してくることがあれば、聯さんを通じて連絡するようにしてもらったけど……さすがに可能性は薄いだろうな)

浮き足立ちそうになる気持ちを抑えようと、静かに深呼吸をした光啓は、少し冷静になったところで、珍しく黙っている涼佑が目に見えてそわそわしているのに気付いた。

「なに?」

「いや、ちょーっとあのオッサンに聞きたいことがあんだよな。少しだけ戻ってきてもいいか?」

涼佑はまだ興奮を引きずっている様子で続ける。

「ほら、まだなんかヒントもらえるかもじゃん? 名刺が入ってた封筒に隠された暗号が! とかさあ」

（それは無いと思うな……）

依頼主にとってあの贋作は目印のひとつで、贋作師自身には何かを期待していなかったはずだ。意図に気付かず捨てられる可能性のある封筒の類に、そんな仕掛けをしたとは思えない。だが、それを指摘したところで涼佑が素直に聞くとも思えないので「好きにしたら？」と光啓は肩を竦めた。

「僕は帰るよ」

その返答に涼佑は「冷てーなあー」とぶーぶー口を尖らせたが、想定はしていたのだろう。すぐにいつものへらりとした表情に戻るとふたりに手を振り「じゃーな」と踵を返していったのだった。

「まったく。仕事もあのぐらい熱心ならいいんだけど」

「あはは」

大袈裟に溜息をついた光啓に、奈々は苦笑気味に笑った。

「でも、いい人ですね。私が社長に保険のことで相談してたのを知って、任せてくださいってわざわざ声かけてくれて」

「ただの点数稼ぎだろ」

その時の調子の良い笑顔が目に浮かぶようで、光啓は渋い顔をした。

「だいたい、あいつ自身が解決するわけじゃないんだから。任せてくれっていったその足で僕の休日を潰したんだよ？　いつも、ホイホイと何かしら引き受けてきては僕に丸投げ。それでちゃっかり自分の評価は上げているんだから……」

「……芥川さん、愚痴言いつつちょっと楽しそうですね」

「楽しそう？　どこが？」

光啓が心外そうに問い返したその時だった。

「あ……！」

奈々が突然声を上げて立ち止まった。

「志賀さん？」

「絵！　絵がない！」

「あれ、置いてきたんじゃなかったの？」

奈々が手にしていないのは気付いていたが、置いていったのではなく忘れてしまっていたらしい。

「別に構わないんじゃない？　贋作だったんだし」

あんな不気味な絵が手元からなくなったところで別に構わないのではないかと思ったが、奈々はぶんぶんと首を振った。

「預かり物ですから、そういうわけには……！」

それほどいい絵だとは思えなかった光啓には、本物でないならそう価値もないのだから、代わりに捨ててもらえれば良かったんじゃないかぐらいの気持ちでいたのだが、奈々の言うことももっともだ。

（というか、改めて考えてみると、また売りに出されてしまう可能性もあるか……）

新たな被害者を防ぐため、そして同時にあのメッセージが他の誰かの目にも留まってしまう可能性を考えれば、手元に置いておくほうがいいかもしれない。

（まさかとは思うが……涼佑のやつ、自分があの絵を持って帰ろうとして戻ると言ったんじゃないよな……？）

そんな疑いを心の隅で思いながら光啓は奈々とともにアトリエへと引き返した。

アトリエの扉は何故か薄く開いたままだった。

少しだけ不審に思いながら、光啓は扉を開けた。

「……なんだ？」

その時に感じた違和感を、何と呼んだら良かったのだろう。

元々薄暗い部屋だったが、何故かもっと深く濃い影の中にいるような息苦しさが、光啓の足がそれ以上、アトリエの中へ踏み込むのを躊躇わせた。その理由は目の前にあるのに、光啓はそれがすぐには理解できなかった。

（……なんだ、これ……）

獣でも暴れたかのように散らかった床。油絵の具の匂いに混じった血生臭さ。先程からチラチラと目に留まる――赤。

光啓の脳がこれほど状況の理解に遅れたことはかつてない。

それだけ、今、目の前にある光景は現実離れしすぎていた。

「ひ……ッ！」

喉から引きつったような声をあげて、奈々が後ずさる。

「……なんだ、戻って来ちゃったのか」

「どう……して……」

いつものような気軽なトーンの声が、今はかえって不気味で、光啓はからからに乾いた喉から何とか声を出すので精一杯だった。

「涼佑が……こ、殺したの……？」


そこに在ったのは、明らかに絶命した贋作師と、ナイフを持って立っている涼佑の

姿だった。
そして涼佑は、うん、と頷いて笑った。

第五話

「涼佑が……こ、殺したの……？」

光啓は目の前で何が起こっているのか理解できずにいた。

うす暗いアトリエの中、ピクリとも動かない贋作師の体と漂う血の気配。

〝それ〟は明らかにもう生きてはいなかった。

「うん、おれが殺したよ。お前ならこの状況を見れば一発でわかっただろ？　わざわざ聞くなよ」

涼佑が少し呆れたように告げる。

その声も表情も、会社で軽口を叩く日常の涼佑と変わらないものだった。

「なんで……こんなこと……？」

光啓が小さく震えている奈々を支えながら絞り出すように問いかけると、涼佑は悪戯気に笑った。

「それ、話さなきゃ駄目？」

「だ、駄目って……人を殺したんだぞ⁉」

思ってもいなかった言葉に、光啓は思わず声を荒らげた。

涼佑が呆れた様子で大袈裟に肩をすくめる。

「人を殺したら、その理由は絶対話さなきゃ駄目って、お前らしくないな。まあ、いいけど……じゃあ、こいつがあんまりにもユルかったからってことで」

「ゆるかった、から？」

「あんなアッサリ依頼主の情報出してくるとか、駄目でしょ。この調子じゃその内この贋作のこともメッセージのことも自分から宣伝しだしかねないだろ？　そうなる前になんとかしないとなーって」

（そんな理由で……人殺しを……？）

涼佑が本当の理由を話しているのかは当然怪しかった。しかし、どんなに考えても、彼が人を殺して良いと考える理由を……人を殺すに至る真っ当な理由を見つけることはできなかった。

涼佑が得体のしれない奇妙な怪物のように思え、背筋に極めて不快で恐ろしい感覚が走り、光啓は言葉を失った。

「け……警察……」

ようやく我にかえった奈々がハッと顔色を変える。

「警察！　呼ばないと……！」

「やめといたほうがいいんじゃねーかな」

震える指でなんとかスマートフォンを操作しようとする奈々を見ながら涼佑がのんびりとした声で言う。

「……どういうこと？」

光啓が問うと涼佑は自分が刺した贋作師の体を指さした。

「だってコイツ、頭はユルいけど本物の贋作師だぜ？　それが、お前と一緒に来たおれに殺されてるんだ……警察、会社、周りの人間たちはどういう反応になると思う？　多くの人間が他人の真実を真剣に求めてるわけじゃないってことは……知ってるだろ？」

質問の形はしているが、どこか馬鹿にしたような気配を漂わせながら涼佑は続けた。

「お前なら、わかるよな。芥川光啓」

「…………」

涼佑の言葉に、光啓は答えられなかった。

どんなに丁寧に事情を伝えることができたとしても、光啓たちを「犯罪者の仲間」だと考え、流布する人間は出てくるだろう。

絵画のメッセージに気づき、贋作師に辿り着こうと考えた時、そのリスクも考え、万が一の時を想定はしていた。

だが……この状況はまったくの想定外だった。

それでも、自分ひとりだけの話なら、あるいは全てを受け入れ、警察へ連絡ができたかもしれない。しかし……。

「なあ、芥川。お前はどこまで〝巻き込む〟覚悟がある？　『Satoshi Nakamoto』の金を手に入れたとしても……」

「何言ってるんですか！　そ、そんなこと言ってる場合じゃないでしょう!?」

奈々は声を上げたが、光啓は苦々しく首を振った。

「……できない……」

「芥川さん!?」

ショックを受けたように奈々は目を見開いたが、それに答えられず光啓はただ俯くしかなかった。

「ごめん、志賀さん……僕には……」

「だよなあ」

そんな光啓の言葉に、涼佑はにこりと笑った。

「ほんっと、お前は賢くて助かるぜ。いや、ホントに」

その様子から、彼が光啓を馬鹿にしているわけではないとわかった。心からそう思っている笑みと態度だ。それが心底から不気味で、光啓が得体のしれない恐怖を感じながら彼を見ていると。

「じゃあな。謎解き、期待してるぜ」

またな、と、涼佑はまるで定時で退社するかのように、光啓と奈々の横を悠々と歩み、血の臭いが濃く香るアトリエから去って行ったのだった。

＊＊＊

翌日。

社内では涼佑が長期休暇に入ったという簡単な伝達があっただけだった。

「突然どうしたんだろうね。介護とかするタイプじゃないしさ」

「女と海外旅行でも行ったんじゃない」

他の同僚たちがあれこれ推測し、親しかっただろうと光啓にも理由を尋ねてくる者もいたが、答えようがない。まさか、今朝からニュース番組を賑わす殺人事件の犯人だから逃げてるんです、なんて。

光啓自身も朝の段階では、夢で見た光景のようにも思えた。

しかし、いつ自分のもとに警察が現れるだろうかという重い懸念のおかげで、この異常事態を現実のものとして受け入れることができていた。

（いや、警察もだけど、子飼いの贋作師が殺されたんだ……聯（れん）さんたちの方も警戒すべきなんだ。それに……涼佑の真意も……）

重く重く溜息を吐き出した光啓は、今日はもう仕事にならなさそうだなと早々に会社を早退すると、奈々へと連絡を取って「現場」に足を運ぶことにした。

「あ、芥川さん」

合流してみると、奈々の顔色はあまりよくなかった。それも当然だろう。顔見知りが殺人を犯したのだ。そして……。

「通報を止めた僕は軽蔑されたと思ってた」

「最初は驚きましたけど……仕方ないの、わかってますから」

その言葉を吐きながら、奈々は力なく微笑んだ。

（それでも……やっぱり、志賀さんは来ないほうが良かったんじゃ……）

　本当は光啓ひとりで、アトリエに来るつもりだったのだが、奈々が「私も行く」と言い出したのだ。当事者として――そして、警察を呼ぶことができずそのまま立ち去るしかできなかったせいで、その後のことが気になってもいたのだろう。

「すごい野次馬だね……」

　奈々は、贋作師の殺された現場であるアトリエに張り巡らされた立ち入り禁止のテープとその周りに群がっている人々に複雑そうな表情を向けた。

　あの日、残された現場を前に立ち尽くすしかなかった光啓たちを助けたのは聯だった。どういう経緯で事実を知ったのかはわからないが電話をかけてきた彼女は「面倒なことになったわね」とだけ言って、ふたりにその場を離れるように言った。光啓たちに疑惑がかかればその関連で自分たちにも影響するから、ということらしい。ニュースでちらりと話題にのぼっていた、匿名の通報というのも彼女の仕業だろう。

　中の様子が気になりつつも、それ以上現場に深入りするのも躊躇われて、ふたりで遠巻きに眺めていた、その時だ。

「お？　奈々ちゃんか？　どうした、こんなところで」

「え、あ、梶井さん！」

突然背中から投げかけられた声に振り返った奈々は、声を掛けてきた人物の姿を見て目を瞬かせた。反応からして、どうやら知り合いらしい。光啓がふたりを見比べていると、思い出したように奈々が「紹介するね」と口を開いた。

「このひとは梶井　寛（かじい　ひろし）さん。私の……恩人ってところかな」

「どーも」

その紹介に男がへらっと笑うのに、奈々は続いて光啓のほうを示す。

「こちらは、芥川さん。私の友達のお兄さんなの」

「へえ」

あまり関心はなさそうな声だが、光啓はその男の目がほんの一瞬何かを確認するように光啓の爪先からてっぺんまでを観察したのを察していた。その慣れた視線運びは警察関係者だろうか、と光啓が推測していると、梶井と紹介された男は「それで」と首を傾げた。

「おふたりさんは、わざわざ仕事サボッて野次馬かい？」

「それは……その……」

梶井にしてみれば単純な揶揄のつもりだったのかもしれない。だが、途端に奈々が気まずげに目線を落としたことに、何か感じるところがあったのだろう。軽く探るよ

うに目を細めた梶井は、それでも何を問うでもなく息をついた。

「ま、いいけどな。昼間とは言えあんまりこの辺りはうろつかないほうがいいぞ。こんな事件が起こるような場所だしな」

「……強盗殺人、ですっけ。部屋の中が荒らされてたってテレビで……」

「まあそうなんだろうな。この辺りに住んでるやつらの反応からすると、盗みだの何だのは別段珍しいことじゃねーらしいし」

だからって強盗があってもこの程度の騒ぎにしかならんとは物騒なこった、と男は呆れたように溜息をつくと、もう一度奈々の方を見た。

「最近はさ、こういう〝妙な〟人殺しが増えてるみたいだし、興味本位で近付くのはやめとけ。犯罪者ってのは現場に戻ってくるって言うしよ」

梶井がからかうように言ったその言葉に、奈々は「あはは……」とぎこちない笑みを浮かべた。

一方、光啓は梶井の言った「〝妙な〟」という言葉にわずかに引っ掛かりを覚えたのだった。

「……もう、関わらない方がいいんじゃないかな」

言うだけ言った梶井が去って行った後、その帰り道で奈々がぽつりと言った。

「だって、あんな……人が、殺されちゃってるんですよ！　あんなメッセージ、本当にヒントかもわからないのに……！」

現場を改めて見たことで、自分たちが関わっていることの危なさを実感したためだろう。語気を強める奈々の声は、もちろん自分の不安や恐怖もあっただろうが、それ以上に光啓を心配しているからなのだということはわかっていた。

「本当かどうか疑わしいなら、確かめるだけだ」

「芥川さん……」

「もしこの先に本当に『Ｓａｔｏｓｈｉ　Ｎａｋａｍｏｔｏ』のビットコインがあるのなら……僕は必ず手に入れる」

光啓には、大金を手に入れないといけない理由があった。それも、すぐにでも。光啓の決意に気づき、奈々は言葉を飲み込んだ。光啓が必要とする大金は、奈々にとっても同じだけ、同じ理由で必要なものだったからだ。

（どれだけ成績をあげて稼いでも、こつこつと貯金しても、間に合わない……）

光啓の必要としている金額は一介のサラリーマンには巨額だったが貯めて達成できない額ではない。問題はあまりに時間が足りなさすぎることだった。それを覆せるかもしれない手段が今、目の前にあるのだ。
脳裏に浮かぶ柔らかく幼い笑顔に、光啓はぎゅうっと拳を握り締めた。
（どんなに細く危うい糸だろうと……。一葉……僕は、お前を助けるために……）

第六話

『お兄ちゃん……わたしたち、おうちにすめないの？』

両親が事故で亡くなったのは、光啓が中学校に入学した年のことだった。

残された妹はまだ幼く、離ればなれになるのはかわいそうでしょう、と親戚たちは光啓たちに施設に入るように勧めた。両方引き取るような経済的な余裕がないという以上に、面倒な子供の世話なんて引き受けたくないというのが彼らの本音だとはわかっていたけれど、光啓は頷くしかなかった。

妹がそんな厄介者扱いをされるなんて許せなかったし、光啓自身ひとりぼっちになりたくないという気持ちもあったからだ。

『ごめんね……お兄ちゃんじゃ、おうちを守れないんだ』

妹の手を握りしめながら、光啓はぎゅっと唇を噛んだ。

年の割には落ち着いている、とか、大人びている、とはよく言われていた光啓だったが、それでも大人のような力があるわけではない。むしろ、頭の回転が速いぶん、自分たちが置かれている状況のことを理解できてしまって、無力感に泣かないでいるのがやっとだ。

（僕ひとりじゃ……どうにもできない……）

ひとり暮らしもしたことのないような子供が、妹の面倒をみながら生活をするなんて、とても無理だとはわかっている。だから、施設へ行くのが仕方ないことも理解している。それでも、住み慣れた家を去らなければならないという現実はどうしたって受け入れがたく、悲しかった。

『大丈夫だよ、お兄ちゃん』

そんな光啓の手を取って、妹——一葉（かずは）は笑った。

『お兄ちゃんといっしょなら、だいじょうぶだよ』

もしかすると、幼いながらに自分たちの身に何が起こっているのか、理解していたのかもしれない。いつもの無邪気なそれとは違う少し大人びた妹の笑みに、光啓は葬式の時もうまく流せなかった涙が頬を伝っていくのを感じたのだった。

＊＊＊

それからの数年。施設での生活は、そこまで悪くはなかったが、いわゆる「普通の生活」からはほど遠かった。

職員たちは親切にしてくれたが、施設内での自由は限られていたし、学校でもそれ以外でも施設暮らしということばかりが注目されて腫れ物のように扱われ、時には両親がいないことで揶揄にさらされることもあった。

その中で特に露骨だったのは親族だ。

『高校卒業したら、施設も出なきゃいけないんでしょ。その後はどうするつもり？』

そんなことを聞いてきたのは、自分たちが面倒を見るつもりがあるからではなく、その逆だと光啓は理解していた。できれば関わりたくはないが、世間体があるから無視するわけにもいかないといったところだろうか。

『進学します。大学では寮に入りますから、問題ありません』

ご心配なさらず、なんて付け加えたのはせめてもの嫌みだ。一葉にも話していないが、両親が残してくれた保険金にはふたりが大学に通えるだけの金額があって、よほど何事もなければ生活費程度をバイトで補えばすむので、世話をしてもらう必要はないのだ。

『施設にいるよりうちへおいで』

どこからかそんな事情を知ったのか、手の平を返すようなことを言ってくる親戚もいた。どうせ一時的だのなんだのと言って自分たちに金を預けさせ、我が物顔で使ってしまうだろうと目に見えていたので「ご心配なく」と断ったが、そういう相手ほど厄介で「善意のわからない子供」「世話になった恩も返さない」だのと自分勝手なことをわめきちらすので、たびたび光啓を辟易とさせた。

そんな中でも光啓がくじけることなく頑張ってこられたのは、妹の一葉がいたからだ。

おとなしい性格だった一葉は、環境が鍛えたのかしっかり者に育ち、よく気が利くようになった。屈託のない笑顔で分け隔てのない態度は施設の皆に愛されるようになり、特に家事は大人顔負けで、高校入学と共に学生寮に入った光啓のもとへ通っては、大学受験のために遅くまで参考書を開く光啓の面倒を見てくれた。

『お兄ちゃん、お勉強がんばってね』

暑い時は冷たいそうめんを、肌寒くなってきたら油揚げの載ったうどんを。自分だって学校の勉強やバイトで遊ぶ時間まで削りながら頑張っているのに、そんな気遣いと共に兄を励まそうとする笑顔がいつも光啓の背中を押した。そんな妹を少しでも楽にしてやりたくて、いい大学に入りいい会社に就職する——それが光啓の目標だったのに。

一葉が発病したのは、そんな目標が叶ってすぐのことだった。

営業成績の悪くない光啓は給料もよく、一葉が寮制の大学を卒業したら一緒に暮らせるだけの準備もできていた。これまでかけてしまった苦労の分いい生活をさせてやれると、そう思っていた光啓の前で、一葉は倒れたのだ。

『どうして……どうして一葉が……』

救急車で運ばれた後、そのまま入院することになった一葉の病気は、日本ではほとんど症例のないような難病だという。根本治療の手術を受けるための費用は途方もない額で、しょせんは一介のサラリーマンでしかない光啓にとっては手の届きようのないものだった。

『大丈夫だよ、お兄ちゃん』

絶望に打ちひしがれる光啓に、一葉は笑った。それはあの日施設にいくことを決めた時に見せた笑顔に似ていて、妹がどうにもならない現実を悟ったのだと――それでも、自分のことより兄のことを励まそうとする一葉のその笑みに、光啓はただどうすることもできない自分が憎くてたまらなかった。

奈々と会ったのはその頃だ。

『人気者なのね、一葉さん』

何度目かの検査結果を受け取りに来た光啓に、一葉の主治医である高見寧（たかみ　ねい）がそんなことを言った。

『よく大学のお友達が来られてたのよ。お見舞い』

『そうなんですか……バイトばっかりしてるって聞いてたのに……。まあ……一葉は明るくていい子だし、可愛いし、人気があるのは当たり前か……』

『ふふ、芥川さんったら』

光啓は本気で言ったのだが、どうも寧は冗談だと思ったらしくくすくすと笑って続ける。

『その中でもひとり、熱心なお友達がいるの。よっぽど仲良しさんだったのね。多い時だと週三回はいらっしゃってるわ』

会社が忙しいからという理由もあるが、光啓でも週一回来るのがやっとのところで、そんなに頻繁に会っているのかと思うと興味がわいた。

（もしかして……たまに話してた子のことかな）

光啓が就職し、一葉が大学の寮に入ってから、お互いに会う時間がない中で何度も電話した。一緒に施設にいた頃のように、楽しげに大学生活やできた友達について

語ってくれる一葉の声を思い出して、光啓の胸がちくりと痛む。

一葉の容態は安定せず、安定している時はまったく普段通り元気なように見えるが、一度症状が出るとひどくけだるそうになり、悪くすると昏睡状態が続く。見舞いに来ても面会できないこともしばしばだ。そんな中で頻繁に通ってくれている友達がいるというのは光啓にとっても嬉しいことだった。

光啓が会ってみたいと思うのと同じように一葉も紹介したがっていたようで、話を聞いた数日後には病室で顔合わせをすることになった。

『こんにちは！　はじめまして、志賀です！』

『いつもお見舞いに来てくれて本当にありがとう』

気持ちのいい子だと聞いていた通り、最初の挨拶は元気いっぱいだったが、ただ明るいだけではないのは、面会できない日があってもめげずに通ってくる態度でわかっていた。他の友達たちがぽつぽつと見舞いに来なくなる中で、彼女だけがずっと一葉の話し相手になるためだけに時間を使ってくれているのだ。

『一葉が入院してからも変わらずいられるのは、志賀さんのおかげだね。本当は僕がいちばん通わないといけないのに……』

『いえ！　私が会いたいから来てるんです！　……それに一葉さんは、大好きな友達だし、憧れなんです』

一葉の症状が悪く、面会が許されなかった日。奈々はぽつりとそんなことを言った。詳しくは聞かなかったが、一葉には大学でずいぶん良くしてもらったのだそうだ。

『だから……あの、私！　一葉さんが目を覚ますためのお手伝いなら、何でもしますから！』

『……ありがとう』

その時ははじめて医師の寧以外の親身な協力者ができたことが単純に嬉しかった。たったひとりの家族だった一葉に頼れなくなった今、ずっと自分だけで戦っていたような気持ちがあったからだ。

そんな状況に励まされ、手術のための金も何とかして作ってみせると決意を固めたが、それも打ち砕かれたのは最近のことだ。

『……あまり、いいお知らせではないの』

そう告げられた、一葉の病のタイムリミットは、今でも考えると目の前が真っ暗になりそうになる。

＊＊＊

梶井と別れ、贋作師が殺されたアトリエからの帰り道。

光啓は拳を握り、自分に言い聞かせるように口を開いた。

「……一葉には、時間がないんだ」

「…………」

光啓の言葉を奈々はただ受け止め、視線を落とす。

光啓は贋作師から得た名刺を取り出してじっと眺めた。

そこには、肩書きも何もなくただ自分はいるぞと主張しているかのように『Satoshi Nakamoto』の名前が記されている。

「今、一葉を救える手段は、これしかない」

「……わかりました」

その声に混ざった必死さを理解したのだろう。奈々はまだ硬いままの声で応えた。

「私も、できる限り助けになれるように、頑張りますね！」

半分は空元気なのだろうが、奈々はぐっと拳を握る格好と共に笑ってみせた。

「うん、ありがとう」

頭を下げた光啓だったが、ふと思い出して「いやいや待った」と首を振った。

「っていうか、ほんとに助けられてるからね、僕」

先日、実際に暴漢たちから光啓たちを守ったのは奈々である。できる限りどころじゃないよ、と思わず苦笑した。

「もしもの時、僕が足を引っ張らないようにしないと……」

「うーん、じゃあまずは体力ですかね！　いっしょにジョギングとかどうですか？」

「うう、それは遠慮したい……」

そんな話をして、少し気持ちが緩んだからだろう。どちらからともなく笑って、光啓の肩から力が抜けた。そう、今は過去を思い出して悲壮感に浸っている場合ではないのだ。

「まずは、次のコードを探さないとね」

「でも、これからどうするんですか？　その名刺には『Ｓａｔｏｓｈｉ　Ｎａｋａｍｏｔｏ』としか書いてないですよね？」

光啓の言葉に、奈々はその手元を覗き込みながら言った。表面は文字だけで、裏面も特に何かが書いてあるわけではない。薄灰色の紙に、文字でできたストライプラインのようなデザインがあるだけだ。

しかしそれを見つめていた光啓は「大丈夫だよ」と一葉の言葉を思い出しながら言った。

「ヒントは、この中にある」

第七話

「ヒントは、この中にある」

光啓が差し出した名刺を奈々が覗き込む。

贋作師が依頼主から渡されたという薄灰色の名刺は、表面は『Satoshi Nakamoto』の文字だけで、裏面も特に何かが書いてあるわけではない。紙そのものも、薄いインクで描かれた数字がストライプ模様の代わりに並ぶよくあるデザインだ。

「名前しかないですけど……」

「あの贋作と同じだよ。見えてるけど見えてないだけ」

「見えてないだけ？」

「ずっと最初からあるけど、文字として認識されてないんだよ。だってあんまりにも当たり前に見かけるデザインだからね」

そう言って光啓がひらひらと紙を揺らすと、光を受けた表面の数字がわずかにではあるが少し浮いて見える。

「え……これ、デザインじゃないんですか⁉」

「恐らくね」

驚く奈々に、よく見てと光啓はその名刺の端に指をあてた。

「こういうデザインは、大きな紙に印刷してから細かく裁断するから、端っこはデザインの一部が切れてしまうよね。でも……ほら」

「あ……！」

光啓が指で端をたどっていくと、左右の端に印字が切れているものはない。よく見れば上下もきちんと切れずにぴっしりと数字で埋まっていた。

「ほんとだ……上と下で少しだけずれてるから、気付きませんでした」

「巧妙だよね」

ただ数字をきちんと整列していたら、変に規則的すぎて逆にデザインには見えなかっただろう。0と1の形の差を利用してほんのわずかに行ごとにずらすことで、よくあるデザインに見せかけているのだ。

もちろん、ただの偶然で端が切れなかった可能性もなくはないが、わざわざ贋作にメッセージを仕込んでくるような相手が残したものがたまたまそうであったなんて奇跡的な偶然があるとは考えにくい。

「つまり、これは僕たちへのメッセージ……次のヒントだと思う」

「でも……数字だけのヒントって……何を意味しているんでしょう？」

光啓の説明に、奈々はまだ半信半疑なようだ。それも仕方ないよな、と光啓も思う。並んでいるのは本当にただ0と1の数字だけで、それだけではヒントとして成立するようには思えないのも無理はない。

しかし、光啓はこの壮大な宝探しがただの道楽や愉快犯的なものではないと思うのだ。それは本当に根拠のない勘でしかないが、何か目的があって「誰か」が必ずそこに辿り着くことを望んでいる気がする。

だとすれば、一度ヒントを掴んだ相手をいきなり放り出すような真似はしないはずだ。

（とはいっても……僕だけじゃさすがに解き方がわからないな）

数字で作られた暗号の可能性はあるが、0と1は途切れることなく並んでいて、解き方のとっかかりも掴めない。一応奈々にも何か気付かないかは尋ねてみたものの、困ったように首を振るだけだった。

「うーん……仕方ない……気は進まないけどあいつに手伝ってもらうかな」

「あいつ？」

「こういう暗号っぽいのを解くのが好きなやつがいてね」

アドレス帳からその名前を探しながら、光啓は微妙な苦笑を浮かべた。

「ちょっと……変わってるんだ」

＊＊＊

翌日。

「なんだよなんだよ、こういうことには真っ先に呼べよな！」

家に上がり込むなりそう言ってばしばしと光啓の背中を叩いた男は、驚いている奈々に向かって「あ！　ども！」と馴れ馴れしく手を上げた。学生時代から変わらない、その常に高いテンションの友人――徳永　順（とくなが　じゅん）に、光啓はため息をはき出した。

「……こいつが、言ってた友人の。ちょっとやかましいけど、これがデフォだから、大目に見てやってほしいな」

「やかましいってなんだよ！」

言ったそばからぎゃあぎゃあとわめく順だったが、次の瞬間には「で」とあっさり声のトーンを落とすとにまりと笑った。

「言ってた名刺って、どれよ」

そのあまりのテンションの上がり下がりに奈々が目を丸くしているのに苦笑しながら、光啓は順に名刺を渡した。

「うぉぉー！　これかーー！　やっべー！」

受け取った瞬間、再びテンションを上げた順は、まるで高額当選した宝くじでも見るように名刺を高々とかざして光に当てると、きらきらした目で「すげー」「やべー」を何度も繰り返した。

「ちょっと、鑑賞は後にしてよ」

放っておくと拝み出しかねない順の背中を、光啓はさっきの仕返しとばかりにばしっと叩いてやったがあまり効果はなく、順はまだしげしげと印字されたその名前を見つめている。

「なんだか……宝物を見つけたって顔されてますね」

奈々がそんな順の様子を呆れるでもなく感心していることにほっとしつつ、光啓は頷いて肯定した。

「順って『Ｓａｔｏｓｈｉ　Ｎａｋａｍｏｔｏ』の自称最高のファンだから」

「自称じゃねーわ！　最高最強のファンだわ！」

秒で反論してきた順は、それでもようやく気持ちにひと段落がついたのか、ふうっと息を吐き出すと、名刺をひらひらさせた。

「てかこれさ、メッセージとはちょっと違うんじゃねーか？」

「え……」

「ど、どういうことですか⁉」

さらっとなんでもないことのように言った順は、ふたりが驚いている意味がわからない、といった顔で首をかしげながら「まあ待てよ」と持ってきていたノートパソコンを取り出すと、軽快にキーボードを叩き始めた。

「まず、これが元の数字な。まーどう見ても二進数だろ？」

そうして名刺の裏面にある0と1の羅列をそっくり打ち終えたのを見て、光啓は「それはわかってるよ」と頷いた。

「あの『Ｓａｔｏｓｈｉ　Ｎａｋａｍｏｔｏ』が名刺に残したヒントだから、プログラム言語みたいな暗号だと思ったんだけど、違うの？」

「まー、二進数っつったら普通そうだと思うよな。でも、それにしちゃ桁が少なすぎるんじゃねーかってさ」

言いながら、タタタンっと順の指が跳ねた。

「それに、なーんかこう……キレイすぎんのよ。勘だけどさ。俺が書いたコードとかすげーごちゃごちゃすんのに」

「それは順がいい加減なだけだろ」

「そーかもだけど、そーじゃなくてさ」

光啓の反論に口をとがらせて、順はノートパソコンから目を離さないまま続ける。

「こんな小さな紙に、二進数で収まるように考えてメッセージ作んのは手間じゃん。もっと合理的な雰囲気あんだよね。揃いすぎてる？　みたいな？　だから暗号とかでもなくてただ反転させただけなんじゃねーかって思うんだよな」

「ど、どういうことなんでしょう……」

言っている意味がよくわからないのか、奈々が首をかしげたが光啓にも合理的な雰囲気というのは理解できたものの、それ以上の発想の根拠は不明だ。

「順の頭の中は、僕らじゃ想像つかないよ」

いちいちやかましい態度とテンションの落差が激しいせいでわかりにくいが、順は普通の人間とは脳の作りが違うのではないだろうかというほど頭のいい男だ。ただ、勉強ができるかというと案外そうでもない。順の能力が発揮されるのは彼が興味があることだけで、しかもその方向が極端だ。その上非常に気分屋なので、その力がきちんと発揮されることが少ないのが問題だった。

今も、順の中では何かの理解があるのだろうが、その説明はまったくのポンコツだ。

「だからこれを一番キモチイイ形に切って……その法則で文字に変換できるやつ……どれだろなあ、ＡＳＣＩＩコードくさいなー、これなら簡単に変換できんな」

もうほとんどひとりの世界に入ってしまった順が次々画面を切り替え時折「ほら」と示すが、光啓たちにはさっぱりわからない工程だ。

（まあでも……順ってこういう時、絶対に間違わないんだよね）

本人は勘だと思っているようだが、光啓にはそれが順の中にあるＡＩのようなものが、順がきちんと頭で整理するより先に情報を解析しているからだと思っている。ただ思考の順番をすっとばしてしまっているから、勘としか言いようがないのだろう。

その推測を裏付けるようにほんの数秒待っただけで「でーきた！」と順は嬉しげに声を上げた。

「ほら見てみ、メッセージじゃなかったろ？」

得意げにしながらくるりと光啓たちに向けられたノートパソコンの画面に表示されていたのは、アルファベットと記号で構成された、見覚えのある並びだった。

「……URLアドレス？」

「そ。もしかしたらヒントでも書いてるかもな！　てわけで早速見てみっか！」

止める間もなく順はさっさとそのURLを打ち込んでページを表示させると、予想していたのとだいぶ違う、いくつかの写真のカラフルだがどこか一昔前のようなデザインのサイトが現れたのに「ん？」と首をかしげた。

「なんだこれ……洋食屋？」

そんな順の後ろから、光啓と奈々も画面を覗き込んで、意外な気持ちで目を瞬かせた。

「ずいぶんレトロな店だな」

「なんだか懐かしい感じのお店ですね」

感想は違うが、要するにちょっとどこにでもありそうで、昔からの常連がずっと通っていそうなアットホームな雰囲気の老舗、といった店だ。

（この店にヒントが……？　いや、さすがにそれは直接的すぎだよね……）

もしかしたらこのサイトの中のどこかにヒントが隠されているのか、あるいはソースコードなどに仕込んであるのか。そんなことを考えていると、光啓はさっきから順がぴくりとも動かなくなっていることに気付いた。

「…………………」

「順？」

放っておくと騒がしいはずの男が黙っていると気になるものである。おそるおそる声をかけると、突然。

「ここは……まさか、まさか！　マジかよ⁉」

「わぁ⁉」

まるで爆発でも起こったかのように突然あげられた大声に、光啓は奈々とふたりで驚いて飛び退きながら「どうしたんだよ」とその発生源に尋ねた。問われた順は、その肩をわなわなと震わせながら画面の中に映る店を指さした。

「この店！　日本でビットコインが初めて使われた場所だ！」

第八話

「あぁーここが！　聖地……！」

「まだそうと決まったわけじゃないでしょ」

興奮しきりの順にツッコミを入れながら、光啓は軽く店内を見渡した。

光啓たちがＵＲＬに載っていた洋食店を訪れたのは、贋作師が殺された日から一週間が経った日曜日になってからだ。

その間、何事も無かった。

警察が光啓たちの元に来ることも、この殺人事件について捜査が進展したという話も。

忙しい毎日の中で、光啓は徐々に心に区切りをつけ、今は何よりも『Ｓａｔｏｓｈｉ　Ｎａｋａｍｏｔｏ』のビットコインを手に入れることに集中しようと改めて覚悟を決めていた。

「なんだか落ち着く場所ですね」

色あせた写真が掛けられた壁や年季の入ったメニュー表やテーブル、椅子……奈々はそんなレトロな雰囲気が気に入ったらしく喜んでいる。

「お客さんたちの雰囲気もいいですし……愛されてる場所って感じです」

「そうだね」

奈々の言葉に、光啓も頷いた。昼時をいくらか過ぎているのに店内はほとんどの席が埋まっていて、三人組なのにカウンターへ通されるほどお客がいる。客の年齢もお年寄りから子供連れまで様々で、店員と気安くおしゃべりをしている人もいて、この店が彼らにとって世代をまたぐほど長く馴染みとなっている場所なのだと察することができた。

まだ両親の生きていた頃に妹と連れて行ってもらったファミリーレストランがふとよぎり、しんみりとした気分になりかけていた光啓だが、そんな感慨は順の「あっ」と芝居がかったような声にぶったぎられた。

「俺は今、『Satoshi Nakamoto』と同じ空気を吸ってる……！」

「だから、まだ決まったわけじゃないでしょ。それよりカウンターで騒がないでよ……」

すっかり巡礼者モードで目を輝かせている順の脇腹をつつき、光啓はため息をつい

た。先程からアルバイトが不審者を見る目をしているのに気付いてほしい。

（とはいえ、順みたいな客はたまに来るんだろうな……）

なにせ、日本で最初にビットコインが利用された店として話題になった場所だ。

当時、この店の店主……どころか世界中のほとんどの人間が、ビットコインが何かを知らなかった。人の良い店主はその若い男性客に言われるままに、その場でアドレスを作り、現金の代わりにビットコインを送金してもらったという。

店主にとって、それは金の無い腹を空かせた若者へのただの優しさだった。しかし、数年後、店主の病気によって長い休業を余儀なくされ、店の存続が危ぶまれた時、そのビットコインの存在がこの店を救うことになる。

（というのは、記事で書かれていたこと。コードに繋がるだろう名刺のヒントがこの店に繋がっていたことを考えると、その若い男性客が『Ｓａｔｏｓｈｉ　Ｎａｋａｍｏｔｏ』本人かもとは考えたくなるけど……）

その考えに対しての正否のとっかかりすら、光啓にはつかめずにいた。

ブロックチェーンを世界にもたらし、ネット上でのみ人々が知る……そんな存在なのに、今のところ光啓たちがヒントを辿ってきた道筋は、どちらかというとアナログで人間くさい印象だ。合理的じゃない人の欲や愚かさも織り込んだもの、というか……。

（だから、『Ｓａｔｏｓｈｉ　Ｎａｋａｍｏｔｏ』が、この店を密かに気に入ってて……いつかの危機に備えて、後に価値が出ると見込んでいたビットコインを送金してた……なんて想像も――）

そんな風に思索にふけっていた光啓や未だにあちこち店を見回しては騒いでいる順を他所にさっそくナポリタンを注文していた奈々が、隣から「どうですか？」と聞いてきた。

「ヒント、見つかりそうですか？」

「うーん……まずは聞き込み、かな」

ただ店内を見た限りでは特に変わったところは感じられないし、そもそも見ただけでわかるようなわかりやすいヒントが用意されているとも思えない。日本で初めて行われたビットコイン取引に何か手がかりがあるなら、当時のことを知っている人間に聞くしかないだろう。そう思って、光啓がカウンターの向こうにいる店長らしい年配の男性に声をかけようとした、その瞬間。

乱暴にドアを開ける音が店内の空気を割った。

「何？」

「え、どうしたの？」

そのまま駆け込む足音がドア近くの机を蹴り倒し、ガシャン！　と響き渡った音に店内にいた全員がびくりと肩を震わせながら入り口を見た。そこには全身を黒いライダースーツで包み、フルフェイスのヘルメットを被った男かも女かもわからない二人組が立っていた。彼らは全員を見渡しながらその手を突き出すと、次の瞬間パリンッと音を立てて店内の防犯カメラの割れた音が響く。

「全員動くな！」

「……ッ！」

怒声と同時に、その場にいる人間に向けて突きつけられたそれが銃口だと気付いて、光啓は息を飲んだ。

「きゃあああ！」

「な、なんだお前ら……！」

光啓がざっと二人組を観察したのから一拍を置いて騒然となった店内で、悲鳴と混乱の声が上がったが、それも銃口を向けられた瞬間すぐに沈黙する。

誰もが動けなかった。日本という場所で、本当にこんなことが現実に起こるなんて、誰も思っていないのだ。

そうしていると強盗のひとりが、ずかずかと光啓たちのいるカウンターへと近付き、店長に銃を突きつけた。

「こちらの要求に素直に応じればこれ以上のことは起こらない。わかるな？　お前が持つビットコインを全て指定のアドレスへ送金しろ」

低い声が命じるのを聞いて、光啓と順は肩を揺らした。

（ビットコイン強盗……⁉　いや、でも――）

緊張した面持ちの奈々と、やや興奮気味の順が光啓の方を見る。

「芥川さん、今、あの人ビットコインって……」

「あいつら派手にやりすぎだろ、ちゃんとわかってやってんのか？」

ささやくような小声だったが、今はどんな言葉も強盗を刺激しかねない。彼らに見えないように人差し指を口に当てて、奈々と順に沈黙するように合図を送っていると、入り口近くで「おい」と怒声がした。

「動くなと言っただろう。逃げようとすれば殺す。反抗すれば殺す。怪しげな動きをしても殺す」

低い声色は男性のものだろうか。大げさでなく、そうするだけの覚悟があると淡々とした声が告げていた。

（店内はどうなってるんだろ……様子を見たいけど、今振り返るのは危ないよな……）

調理場向きのカウンター席からは店内の様子はほとんどわからない。

あの声の雰囲気では、ただ首を後ろに回しただけでも銃を撃ってきそうな怖さがある。こんな昼間から犯行に及ぶような相手だ、ちょっとしたことでも見逃さないだろう。

（でも、行動を起こさないとこのままじゃ……）

薄情なようだけれど、今の光啓にとって一番恐れているのはこの店にあるだろう『Satoshi Nakamoto』の痕跡とヒントが失われることだ。その最たる手がかりである店長にもしものことがあっては、一葉を助ける手立てが遠のいてしまう。

（僕がどうなっても、ヒントだけは守るんだ）

自分の中の恐怖と不安を抑え込もうと光啓は静かに深呼吸をすると、隣では順が状況を理解しているのかいないのか、面倒そうな顔で光啓を見ていた。

（何……？）

その目がもの言いたげだったので、目線だけで疑問を伝えると、順が指でカウンターの向こうを示す。

（見ろってこと？　どこを……あ！）

疑問に思いながら光啓がその指の方向をまっすぐたどると、カウンターの向こうにある大きな業務用の冷蔵庫――正確には、そこに店内の様子が映り込んでいるのが見えた。鏡ほどではないものの、表面の金属は良く手入れされているおかげかそう広くない店内の様子を光啓に教えてくれる。

これなら店内の状況が把握できると光啓が内心で喜んでいると、順はドヤっと得意げな顔をして見せてくる。こんな時にも崩れない彼のマイペースぶりにいっそ尊敬の念を抱いていると、その間も続いていた強盗と店長のやりとりが聞こえてきた。

「で、ですから……渡せと言っても、私は……その、そういうことは何もわからなくて……」

うろたえる店長の態度から見て、それは本当だろう。レジ周りの様子を見て、仮想通貨どころか電子マネーの類いも扱えているのかどうか疑問だ。実際に店を立て直すためのビットコイン取引は知人に手伝ってもらったという話がどこかの記事にあった。

だが、押し入った強盗たちにその言い分が通じるわけもなく「現金ではだめなんですか」という店長の精一杯の申し出も、彼らの神経を逆なですることにしかならなかった。

「黙れ！　こんなチンケな店にある現金なんか、微々たるもんだろうが」

ガンッ、と空いていたカウンターの椅子を乱暴に蹴り倒すと、銃口をぐっと近づけながら強盗のひとりが続ける。

「この店のことは知ってんだよ。こっちの目的は日本で最初に使われたビットコインだ。当時はたかだか昼飯代程度だったそいつが今じゃ価値が跳ね上がってて……まだたんまり残ってんだろ？」

男の声にイラつきと焦りの感情が混じり始めている。

（……危険だ）

ある意味、強盗たち以上に焦りを覚えながら光啓が眉を寄せていると「クソッ」ととうとう男が苛立たしげに舌打ちした。

「話にならねぇ……！」

「記録は？」

荒れる男にそう言ったのは、客たちを油断なく牽制していたもうひとりの男だ。

「何もわからないお前のために、〝ビットコインで支払いたい〟と言ったヤツが残したものがあるだろう？」

冷静な声に、光啓はそんな場合ではないが少し感心した。

（……なるほどね、あっちの人が頭脳役か。でも……なんだろう、この違和感……）

現金ではなく、ビットコインを送金させる手段自体は強盗向きといえる。

何故なら、「奪われた金」と「犯人」を紐づける情報を限りなく無くすことが比較的手軽に実行可能だからだ。

だから、これまでに起きた世界中のビットコイン強盗のほとんどの犯人は金銭を奪った罪を立証されることなく、強盗の手段として用いられた暴行などの罪で裁かれてきた。

今店長に銃を向けている方の男は、その態度から考えても短気であまり計画性があるタイプとは言えず、このビットコイン強盗のメリットとデメリットを正確に理解してはいなそうだ。逆にもうひとりの方は先の言葉を聞く限り冷静で頭も良さそうだ。

そんな男が「こんな強盗」をするだろうか――……。

「出せよ、待てるのはスリーカウントだけだ。一……二……」

「わ、わかりました……！」

そんな悩みを浮かべている間に、店長は観念したようにレジスターの下から古いノートを取り出した。

「あの時、ここに色々と書いて教えていただいて……」

「ガチで⁉」

真っ先に反応したのは、なんと順だ。

「日本最初の取引の記録……それはまさに……！　バイブル……！」

あまりにも空気を読まない大声に光啓はぎょっとしていたが、強盗たちの方もさすがに予想外すぎて一瞬ぽかんとしていた。しかし構う暇はないと思ったのかすぐさま気を取り直して店長からノートを奪った。が、その中身をぱらっと見ただけで彼は大きく舌打ちした。

「くそ……ッ、ただの仮想通貨の説明をうだうだ書きやがって……！　ウォレットの情報ってやつはどれだ⁉」

「見せてみろ」

冷静なほうの強盗が言った、その時だ。店の外で誰かが呼んだのか、それともただ偶然道を通っただけだったのか、パトカーのサイレンの音が窓の外で響くのが聞こえて来たのだ。

「チ……ッ！」

「あッ！」

顔は見えないが苛立ちが緊張に変わったのがわかる。警察が来たならただ逃げるのはまずいと判断したのだろう。男がカウンターから離れようと引いた瞬間、思わず声を上げた奈々に銃口が向けられた。

「一緒に来てもらうぜ」

人質にするつもりなのだろう、男は奈々に銃口を突きつけたまま強引に椅子から立ち上がらせる。

だが、彼は気付かなかったようだ——その刹那、光啓と奈々の間で一瞬目線が交わったことに。

第九話

時間は数分ほど前に遡る。

ビットコインの譲渡の仕方がわからないと怯えながらも訴える店長と、そんな店長に脅しをかける強盗の押し問答が行われている間、光啓はカウンターから正面の冷蔵庫を使って店内の様子を確認していた。

(相手はふたりで銃を持っている……それが一番のネックだな)

店内には大勢の客がいる。強盗のひとりが入り口を塞ぐ形で店内に睨みを利かせていて、そんな彼を避けるように皆壁側に寄っていた。強盗の方も反撃を警戒して近付かないようにしているようだ。

(どんなに距離を取ったって、店内だから銃が届かないわけない。だから、あの男も近付かせない方を選んだんだろうけど……)

そう広くはない店内とはいっても、強盗犯と客たちの間にはテーブル数個分の距離がある。つまり、誰かを人質にしようと考えたとしても、すぐにその手を伸ばすのは難しい。

(それに対してこっちの男は、店長を脅すのに夢中になってて僕らカウンターのお客に全然注意を払ってない……)

先程、順が光啓に送った小さな合図も気付いた様子はなかった。これなら、後ろのもうひとりに気付かれないよう注意すれば、わずかなやりとりはできそうだ。光啓はふたりの強盗のこれまでの態度や店内の状態、そして自分たちの位置などを頭の中に並べていきながら状況を変える手を探り出した。

光啓の中での優先順位は店長——より正確に言えば、店長が持っている可能性がある情報そのものを守ることだ。けれど、できれば誰の被害も出さず終わらせたい。となれば、今現実的に頼れるのは、暴漢たちを素手でのしてしまった奈々の腕っ節だけだ。

(……でも、これだと志賀さんを危険な目にあわせかねない)

一葉の友人を危険にさらしていいものか迷ったが、他に頼れるものは今の光啓のそばにはないし、状況はじわじわと危険度を増していた。

このまま待っていて警察が来てくれるならいいが、店内の様子を外から眺められるような窓はないし、昼時を過ぎた洋食屋に人の出入りがないことに違和感を覚える人はいないだろうから、そんなもしもは待つだけ無駄だろう。

そうこうしている間にも、お手上げ状態の店長に男の苛立ちはどんどん増してきている。このまま、狙っていたものが手に入りそうにないとなれば腹いせに何かをしでかしそうな雰囲気があって、光啓はじわじわと手のひらが汗ばむのを感じていた。

この男を何とかしなければ、店長の命に関わる。そのためには、どうしたって力を使う必要がある。そしてそれが一番得意だとわかっている人間は、奈々しかいない。

(だけど……でも……今回は素手相手じゃないのに……)

すると、そんな気持ちをまるで見通したかのように奈々が隣でじっと光啓を見つめていることに気がついた。その目はまっすぐに「やれます」と告げている。その強い意志に、光啓も覚悟を決めた。

(一葉のために何でもするって決めたんだ)

そのために彼女に頼る——命を預ける。そう決めて、光啓は奈々が立ち回ることを前提に作戦を組み始めた。

(……まず、あっちの男に人質を取らせないようにしないと)

手前でわめいている男と違って、入り口側のほうは頭が切れそうだから、あちらが人質を取れば奈々は接近できなくなる。さすがに無関係な誰かに怪我をさせるわけにはいかない。

（人質をふたりも取るメリットはないから、どっちかが人質を取るならもう片方は何もしないはず……）

後はもう、タイミング次第だ。大まかな作戦を決めた光啓は、先程順がそうしたように自分の胸元に隠すようにして奈々に向かって小さくサインを送った。

『注目させる、人質』

『私を人質にさせるように仕向けるんですね？』

『そう。ふたり、近付いたら倒す』

『ふたりが近付いたら制圧ですね。なるほどそういうことですか……了解です。タイミングは合図ください。声を上げますから！』

ちなみに指で文字を伝えるのはリスクが高すぎるからと光啓はどこかの映画で見たハンドサインを真似したのだが、それに対して何故か奈々の方が特殊部隊並みの完璧なサインで応じてきた件についてはあまり深く考えないことにした。

そして、今に至る――つまり、強盗が奈々に目をつけたのも偶然ではない。

追い詰められた彼らが、いずれ逃亡のための人質を取ろうとするだろう動きを読んで、光啓の合図でわざと声をあげさせたのだ。

（思ったよりも早くチャンスが回ってきたのは幸いだった……）

店長に危害が及びそうなら、多少危険でも警察を呼んだようなふりをするつもりだったのだ。

タイミングさえやって来てくれたら、後は簡単だ。パトカーのサイレンを聞いて焦った頭に、近くで動いて見えた存在に目が留まるのは当然で、それが最も手っ取り早く捕まえられそうな女性であるならなおさらだ。予想通り、男は奈々の腕を掴んで立たせると店の外まで連れ出そうと強引に引きずっていく。

そして、強盗ふたりが横に並んだ瞬間。

「あっ！」

わざと大きな声を上げて、光啓は腕を横に払ってカウンターにあったグラスを床に落とした。水が入ったままだったため一気に落ちたそれが、ガシャン！　と盛大に音を立てるのと、冷静だったほうの男が銃口をまっすぐ光啓に向けたのはほぼ同時。そしてその瞬間にもうひとり、同時に動いた者がいた。

「せいっ！」

ぱっと見には細い奈々の両腕がバンザイでもするように勢いよくあがると、その右手のひらに弾かれるようにして光啓に向かっていた銃口は天井を向いた。同時に、銃を握っている方の手首を奈々の手が掴んで跳ね上げる。

「な……⁉」

驚いた男が思わず掴まれた手を見上げた瞬間、奈々の足は彼の足元を払った。彼は慌ててバランスを取ろうとしたが、その時には奈々の体がぐんっと勢いよく屈んでいたため、腕が引っ張られて上体が傾く。そして、奈々が更に男の懐に体を潜り込ませながら体を反転させて彼の上体を受け止めながら、一気に起き上がった。結果、彼女の背中の上を転がった男の体が、勢いよく宙を一回転していく。

「うわあ！」

変則的な背負い投げの形であっという間に一人目を倒した奈々だったが、一人目はもっと速やかだった。

男の体を回転させる時に、向きをちゃんと計算していたのだろう。投げ飛ばされた男の体は、まっすぐにもうひとりの男の方へと飛んでいき、激突した。

「ぐえ……ッ！」

宙を舞った男の体が突然迫ってきたのをとっさに支えられるはずもなく、ほとんどはじき飛ばされるような勢いでバランスを崩したところで、いつの間にか迫っていた奈々のアッパーカットが、その顎にきれいに決まる。いつかの小説で読んだが、どんな頑丈な人間でも脳を揺らされると立っていられなくなるというが、その実例が光啓

の前で転がることになった。

「って、ぼうっとしてる場合じゃなかった」

その後は、光啓と順とで用意していた四脚の椅子を、倒れたふたりの上半身を挟む形で被せると、頑丈な椅子はちょうど男の体格にぴったりとはまってくれた。

そうしてその上から何人かで押さえてしまえば、腕を動かすのも起き上がるのもできなくなる。一番危険な銃も、持ち手を蹴って真っ先に手放させた。こうなればもう、店内で多勢に無勢なのは強盗たちの方だ。後はこのまま押さえ続けている間に警察が来てくれればいいだけだ。どうにもならないと判断したのか、最初は暴れようとしていた強盗犯のふたりもやがて沈黙した。

それでようやく店内にいた人たちも助かったと思ったのか、わあっと喜びの歓声が上がる。ずっと気を張っていたせいだろう、店長がカウンターの向こうでへたりと腰を落としたのが見えた。

(よかった……なんとかなった)

遅れてやって来た実感に、光啓はようやくほっと息を吐き出した。

「さすがだね、志賀さん……」

光啓が尊敬と畏れとをない交ぜにしながら言ったが、奈々は「そんなことないです！」と慌てたように手を振った。

「芥川さんの指示がよかったからですよ！　私なんて、こないだ『武器を持っている相手に自衛するには』って動画見てただけなんで！」

その言葉に、自衛と制圧ってちょっと違うような……と光啓は思ったが何も言わなかった。何にせよ、無事に事態は解決しそうだ、と安心しかけた、その時だ。

「これが……バイブル……！」

いつの間に動いていたのか、順が強盗の奪っていたはずの店長のノートを手にしていた。しかもそのまま店内から出て行こうとするではないか。

「ちょっと順⁉　何してんの！」

「まあまあ、ここは俺に任せとけって！　ちゃーんと考えがあっからさ」

「待って、順！　待ちなってば！」

「だーいじょうぶ！　あ、ちゃんと警察も呼んどいたからさ！　すぐ来ると思うぜ」

「いつの間に……って、順！」

慌てて止めようとした光啓だが、強盗をこのままにしておく訳にもいかない。精一杯声をあげたが、順は「後はよろしくな！」と全員があっけにとられる中で逃げるように店内を後にしてしまったのだった。

一方、店から出て走り去っていく順の背を車の中から見ていた男がいた。

「……今のやつ、塒（ねぐら）おさえとけ。店の中に残ってるやつは別のにつけさせる」

男は電話で誰かに指示を出すと、小さく息をついた。

「事実は小説より奇なり、か……気に食わねぇな」

第十話

「…………信じられないな、あいつ」

「いつの間に通報してたんでしょうね……」

順が突拍子もないことをしでかすのはよくあることだったが、今回のことは予想外すぎた。光啓が呆れを隠さず言うのに、奈々もそれ以上なんと言えばいいのかわからないという顔をしている。

奈々が強盗を制圧してから数分が経っていた。

順が言った通りその後すぐパトカー数台がやってきて、店の中も外も騒然となっているが、パニックになっているのではなく何事も無かったことへの喜びの方が強かった。

強盗が壊したのは防犯カメラと蹴り倒した机に載っていたいくつかの食器ぐらいで、結局何も盗られなかったおかげで店の被害といえばそのくらいだ。犯人たち以外に怪我人はなく済んだことを考えれば、何事もなかった、と言ってしまえるだろう。

「ほんとに……よかった」

犯人たちが警察に連れて行かれるのを見送った光啓は、ようやく心から安心して体から力が抜け、近くにあった椅子にどさりと腰を下ろした。

奈々の力は信用していた。何とかしてくれるはずだと思って作戦を立てたのだし、実際思った通りの結果にはなった。けれど、半分は運がよかったからだということも、光啓は理解していた。偶然パトカーの音が聞こえてこなければ、あるいは奈々が人質になる前に強盗がキレてしまっていれば、ここまでうまく成功はしなかっただろう。

一歩間違えれば、奈々や店長、他の客たちにも被害が出ていた可能性もあったのだ。自分で決断したこととはいえ、起こったかもしれないもしもを思うと今更ながらにぞっとする。

「はあ……」

「大丈夫ですか？」

「僕はね……志賀さんこそ、大丈夫？」

大きなため息を吐き出す光啓に、奈々が心配そうに声をかけたが、どちらかというと大変だったのは彼女の方だ。

「……怖くなかったの？」

相手は銃を持っていたというのに、奈々は迷いなく光啓の作戦にのってくれたが、

本当に平気だったのだろうか。聞くにしても今更ではあったが、奈々はにこりと笑った。

「全然。だってあの人たち、なんていうか素人さんみたいだったので」

「え、でも……監視カメラは一発で壊してたよ？」

光啓が驚いていると、奈々は「うーん」と考えるように首をひねる。

「でも、監視カメラって動かないですよね？　それになんか、全然余裕がなかったっていうか……」

「余裕がない……」

言われてみれば、カウンターで店長を脅していた男はずっと苛々していたような気がする。もちろん、銃を突きつければすぐに解決するだろうと思っていた目的がいっこうに果たせないことが余計に苛立ちを煽ったのだろうが。

「ってことは、志賀さんはあの人たちが、なんていうか……こういう犯罪に慣れてないと思ったの？」

「というより、脅し方しか知らないって感じですかね……聯さんと一緒にいた人たちだったら、もっと怖かったかなって思います」

（いや、どっちもめちゃくちゃ怖いと思うけど……）

格闘技も暴力もまったく縁のない光啓には、奈々の言う感覚はぴんとこないものがあったが、口には出さなかった。

そうしている間に何人かは念のためと言うことで救急車に運ばれていったが、光啓や奈々、それから店長は事情聴取やらが必要だからと、警察署に向かうことになった。

(順のやつ……もしかしてこれが嫌で逃げたんじゃ……？)

幸い、店にいた大勢のお客の証言もあって、光啓たちの行動は正当防衛の範囲としてお咎めはなさそうだ。それでも事細かに状況などを聞かれて、ようやく解散となった時にはすでに数時間が経っていた。

(……疲れた……)

一番近くで犯人と接したせいもあって、光啓と奈々の事情聴取は特に長くかかり、空はもうすっかり茜色だ。

「おなかすきましたね……」

そういえばお店に入ってすぐに事件が起きてしまったせいで、食事もまともにとっていない。

「どこかで食べて帰ろうか」

そんなことを言っていた、その時だ。

「おーい」

と、ふたりに向かって声がかかった。

「梶井さん!?」

「聞いたぜ？　大変だったみたいだな」

近付いてきたのは、つい先日に贋作師の殺害現場に居合わせた男だ。奈々は恩人だと言っていたが、今聴取が終わったばかりの件を「聞いた」とはどういうことだろうか。警察関係者なのかもしれないとは思っていたが、それにしたって早すぎないだろうか。

そんな不審が顔に出ていたのだろうか。梶井は光啓の視線に気付いたようで「あー、ここの奴らには顔が利くんでな」と後方の警察署を親指で指した。

「こんな真っ昼間から強盗事件があったっつーんで、話を聞いてたんだよ。そしたらまさか奈々ちゃんが犯人をやっつけたってんだから、びっくりしたぜ」

「そんなに怖い人たちじゃなかったから、大丈夫ですよ」

銃を持っていた相手にそんなことが言えるのは、奈々だけではないだろうか。光啓は顔が無になっていたが、梶井も少し苦笑している。

「奈々ちゃんが強えのは知ってるけどな。あんまり無茶はするなよ？」

「はいっ！　ありがとうございます」

　彼なりに心配したのか言うだけ言って梶井はあっさり去って行ったが、光啓は何となくすっきりしない気持ちだった。

（……なんだかタイミングが良すぎるな）

　確かに、顔が利くなら話を聞くことはできるのかもしれない。けれど、事件が起きてすぐに聞きに来られるような場所にいたということが引っかかるのだ。態度からしてここの警察署の人間ではなさそうなのでなおさら。

（タイミングっていえば、今回の強盗だってそうだ）

　贋作師を探し当て、殺人事件が起きてからすぐの強盗事件だ。前者に計画性は無かったし、強盗のほうだってさすがに光啓たちが現場に居合わせてしまったのは偶然でしかなかっただろうが、どちらも『Ｓａｔｏｓｈｉ　Ｎａｋａｍｏｔｏ』の痕跡の上で起こっていること、そしてそのタイミングがあまりに連続しすぎていることが気にかかる。

（彼らは、普通の強盗じゃなかった……）

　店長を脅していた男は短慮そうだったから、金になると聞いて飛びついた可能性があるが、片割れの方は、最後まで冷静で頭が良さそうだった。そんな彼が、自分たちも譲渡の仕方を説明できないような仮想通貨の強盗に入ろうだなんて思うだろうか。

（……この引っかかる感じ……）

いつまでも頭から消えようとしない、ちぐはぐでもやもやとする違和感はおそらく光啓の頭が整理できていない証拠なのだろう。奈々と食事をして家に帰るまで、光啓はそれを忘れてしまわないようにそれらを頭の隅にずっと残し続けたのだった。

＊＊＊

光啓が自宅へ帰ると、外はすっかり夜になっていた。

頭の中で整理し続けていたいくつもの情報をメモに落とし込んでいきながら、充電中のスマートフォンが鳴るのを待っていると、ようやく順から「おつかれー」という気楽なメッセージが入った。

すぐさま発信ボタンを押し、通話が開始されるのと同時に「おつかれーじゃないよ」と光啓は声をとがらせる。

「勝手にノートは持ってくわ、現場からは帰っちゃうわで……あの後いろんな人に謝らなきゃいけなかったんだからね？」

ありがたいことに店長は「後で必ず返します」と頭を下げた光啓に、いつでもいいですよと言ってくれた。強盗事件を解決してくれた恩人だと思ってくれているからだろう。

「僕らは犯罪者じゃないけど、積極的に関わったってことで事情聴取しなきゃいけないってさ。連絡先送っておくから、明日にでも……」

『そんなことよりさー、やっぱり『Ｓａｔｏｓｈｉ　Ｎａｋａｍｏｔｏ』は神だぜ』

とつとつと続く光啓の説教を、順はまったく聞いていない様子で話をぶった切った。

『このノート、最初っから調べてみたんだけどさ、すっげえの！　最初の取引がもう、暗号になるように設計されててさ！　たぶんこれ解けばコードの一つが手に入るぜ』

「……ッ、ほ、ほんとに⁉」

さらっと口にされた内容に、光啓は声がひっくり返りそうになるのを何とか堪えた。

「教えて、どうやって解けばいい⁉」

『それなんだけどさ……俺、思ったんだよ。せっかくのバイブルを、謎解きだけのために使っていいのかってさ』

思わず身を乗り出した光啓だったが、順は妙に神妙な声で言った。嫌な予感がして続きを聞いていいものか悩んだが、順は構わず続ける。

『お前、お金がいるんだろ？　だったらさ、このヒントを売ればいいんだよ！』

何年も幻だと言われてきた、ビットコインの創始者『Ｓａｔｏｓｈｉ　Ｎａｋａｍｏｔｏ』の残した莫大な金額。手がかりすら見つけられないその糸口は、コードそのものでなくても高く売れるはずだ、と順は言う。それは確かにその通りかもしれないが、順は知らないのだ。この「宝探し」はすでに死人が出ていることを。

「待って！　それは危険過ぎる！」

下手に目立ってしまうのはマズい連中に見つかるということでもある。必死で説得しようとする光啓だったが、順はあればあるだけ困らないのが金だろ？　と取り合おうともしない。

『だーいじょうぶだって。ヒント売ったところで、ちゃんとこっちが宝探しをリードできるように調整するから！　ま、任せとけよ！』

焦る光啓の気も知らず、至って気楽な声がそう言うと、通話はぷつりと切られてしまったのだった。

「まったくもう……」

それっきりこちらからの電話には出ず、メッセージにも応答がない。順の頭の良さは知っていても、状況がすでに普通ではないのだ。言いようのない不安に光啓は深々とため息を吐き出した。

「何事もないといいけど……」

その、数日後。

『徳永順の身柄は預かっている。コイツが売ろうとしたモンについて……話を聞こうか』

順の番号からかかってきた電話の声は、まったく知らない男のものだった。

第十一話

それは、強盗事件があってから数日が経った土曜日だった。

今後のことを相談するために奈々と落ち合って早めの夕飯を取っているところへ、その着信があった。

『オマエが芥川か』

順の番号からかかってきていたが、聞こえたのは知らない男の声。

光啓は反射的に口を閉ざすことを選び、奈々に向かって、静かにするようにジェスチャーで伝えた。

相手が誰なのかもわかっていない以上、うかつにこちらの情報を与えるのはマズイと判断したからだ。

（……こんな聞き方をしてくるのは、警察とかじゃない）

相手も光啓の警戒を感じ取ったからなのだろう、しばらくお互いの間で沈黙が流れると、電話の向こうで小さく息を吐く音がした。らちがあかない、と判断したのだろう。『オマエが芥川だという前提で進める』と男は続けた。

『気付いていると思うが、この電話の持ち主はこちらで預かっている』

その言葉に、やっぱりそうか、とは思いながら光啓はぐっと唇を噛みしめて頭を回転させながら慎重に言葉を選んだ。

「……それが本当か、こちらには確かめようがない」

簡単に鵜呑みにすると、相手のペースになってしまう。弱腰になったら負けだと、緊張を押し隠しながら光啓は反論した、が。

「単に電話を盗んでる可能性だって……」

『ごめんーー!!』

言いかけたところで、電話の向こうから順の声がした。思ったより元気そうな声にひとまずは安堵したが、さっさと順の声を聞かせたのは、光啓が順の状況を知るために誘導しようとしていたのを見抜かれたということだ。

(……頭が切れるやつみたいだ)

光啓は警戒を深めながら、じりじりと男の言葉を待った。

(あんまりこっちから探りを入れると、逆手に取られてしまう……まずはあっちの要求を引き出さないと……)

しかし、そんな光啓の思惑はお見通しとばかりに『聞いての通りだ』と電話の向こうの男は静かに言った。

『徳永順の身柄は預かっている。コイツが売ろうとしたモンについて……話を聞こうか』

「……っ」

やっぱりそれか、と思わず口に出しそうになった言葉を光啓は飲み込んだ。タイミングからしてそれしかないと思ってはいたが、あまりに早すぎる。じわりと背中に嫌な汗が滲む中、光啓はいったん深呼吸をして「話って?」とわざとらしいとは思いつつも質問を投げ返す。

しかし、男はそれを無視する形で続けた。

『俺たちとしても、あまり暴力的なことは望まネェ。話の中身によっては、コイツも解放してやる。交換条件ってやつだ。どうだ?』

しらばっくれても無駄だ、とその声は告げている。これ以上下手にはぐらかそうとするのは危険そうだ。光啓はひと呼吸を置いてギリギリ踏み込まないように言葉を選んだ。

「……なんで、僕に?」

『予想は付いてるんじゃネェか?』

質問に対して質問で返す、あくまでこちらから口を開かせようとする男の様子に光啓が再び沈黙すると『用心深いやつは嫌いじゃねェよ』と相手は電話の向こうで少し笑ったようだった。

『だが、黙ってるだけじゃ状況は変わらねェぜ。身柄の交換に応じる気があるなら、指定した場所に来るんだな』

返事も待たずに告げられる住所を慌てて手近にあったコースターにメモしていく光啓に、男は淡々と続ける。

『四時間以内に来なければどうなるかは、想像に任せる。じゃあな』

その一言を最後に通話は切れた。光啓は緊張が途切れ、思わず長いため息を吐き出した。

「だから、うかつなことはするなって言ったのに……」

思わず呟くと、横から心配そうな顔で「あの」と奈々が口を開いた。

「何か……あったんですか？」

ずっと相手とやりとりする光啓の態度を見ていたのだ。嘘をついても仕方がない。

「順が捕まったらしい」

と、光啓が直球で告げると、奈々は目を見開いた。

「捕まったって……ゆ、誘拐ですか⁉」

「しーっ！　静かに」

まだお店の中だよ、と慌てて注意しながら、光啓は手元のメモに視線を落とした。場所から考えて横浜でも港に近いあたりだ。ここに捕まっているのだということを指で示すと、奈々はその顔を目に見えて青ざめさせた。

「な、なんで徳永さんが……」

「目的は『Satoshi Nakamoto』のコードに関するヒントだろうね」

奈々へ告げながら、光啓は状況の重さに顔をしかめた。

相手が他の誰でもなく光啓を選んだのは、恐らくこちらの事情をある程度知っているということだ。

（順が僕のことを話したんならともかく……もし電話の男が僕のことをあらかじめ知っていたんだとしたら厄介だ……）

相手はこちらを知っている。逆にこちらは相手のことを何も知らない、というのはあらゆる面で圧倒的に不利だ。険しい顔をしている光啓に、事態が深刻であると思ったのだろう。奈々が心配そうな顔で覗き込んだ。

「ど、どうするんですか？」

「……警察に任せる」

「ええっ⁉」

光啓の言葉に、奈々は声をひっくり返らせた。

「そんなことしたら、徳永さんが危ないんじゃ……」

「うん、誘拐と聞いたら普通はそう思うよね。だからそれを逆手に取る」

人質の命が惜しければ警察には連絡をするな、というのは刑事ドラマで誘拐事件が起こった時に犯人が必ず口にするセリフだ。だが、電話の相手はそれを口にすることはなかった。それは言外に察しろと圧をかけているためで、逆を言えば警察を呼ばれることはあちらの想定にはないはずだ。

幸い、時間は四時間あって、取引場所はわかっている。素人が乗り込むなんて無茶をするよりよっぽど安全だ。

（順はお調子者だし、抜けているところはあるけど天才だ。簡単に重要な情報を渡したりはしないし、わかるようにはしていないはず。だから、誘拐した相手も順にあまり手荒なことはできないはずだ……）

そんなことを思っていると「でも」と奈々が青ざめた顔のままで身を乗り出してきた。

「もし、そんなことして、徳永さんが酷いことされたら……」

「素人相手に暴力に出るのは、彼らだって最終手段のはずだよ。逆にパニックになって話が通じなくなることもあるから」

だから警察に任せた方がいい、と奈々を納得させようと光啓は「大丈夫」と安心させるように言う。だが内心では危険信号が点滅していた。

(……警察が捕まえればいいけど、そうでなければ、順も僕らも危ない)

もちろん光啓も、警察に頼ることで生まれるリスクが高いことは理解している。あちらが警察を呼ばれることも想定の上だとしたら、順を捕らえたまま逃げられるかもしれず、そうなれば次に光啓に接触する時はこんな回りくどい手は使わないはずだ。

(だけど、これ以上志賀さんを巻き込むわけにはいかない)

これまで、奈々の力で状況を何とかしてきた。けれどそれはあくまで突発的な事態に対して、奈々自身も巻き込まれていたから仕方ないという側面もある。危険だとわかっている場所に、彼女の力を当てにして乗り込むほど、光啓も冷徹にはなりきれないでいる。

「僕らが直接出向くのは危険すぎるよ、だから」

「でも……放っておけないです！」

光啓の言葉を遮って、奈々は必死な様子で言った。自分が巻き込んだという責任感もあるのかもしれない。そんな彼女をなだめようと、光啓が口を開こうとしたが、それより早く。

「お願いします！　芥川さん……ッ」

泣きそうになりながら吐き出された声が、光啓から言葉を奪った。

「嫌なんです……誰かが……また、助けられないかもしれないのが」

絞り出すような奈々の言葉は、何かに怯えるように震えている。

「あの時みたいに、また、目の前で、人が……！」

言いながら、その手がぎゅうっと堪えるようにして握られるのに、光啓は眉を寄せた。

（……そっか）

奈々が何を思いだしているのか、よくわかる。突然目の前に突きつけられた光景。殺された人間と殺した人間を前にしながら、何もできなかったあの日。きっと奈々もまた光啓と同じ無力感に苛まれたのだ。

「……わかった」

その時の気持ちを思い出すと、光啓は頷くしかなかった。

「だけど、無策で飛び込むわけにはいかない。あと四時間、到着までに作戦を考えるよ」

「はい！」

＊　＊　＊

「……ここが、指定の場所か」

あまり早く到着しては相手側に焦っていると思われてしまうため、時間ぎりぎりを狙って指定の場所へやってきたふたりが訪れたのは、港の側にある倉庫のひとつだ。

周囲が見渡せる程度の街灯に照らされたその場所は、マフィア映画にでも出てきそうないかにもな光景で、わかっていて来たとはいっても光啓の心臓はどくどくと鳴っていた。

(まあでも……こんな場所だってことは調べてあったんだし、今更びびってもしょうがない)

情報化社会はありがたいもので、指定された住所を検索すれば周囲の状況も建物の形まである程度は調べればわかる。倉庫周辺でちらほらと見えるいかにも柄の悪そうな男たちは見張りだろうか。

（うかつに近くをうろつかなくて良かったな……）

近付いた瞬間こちらを威嚇するようにじろりと視線を浴びせられたのに内心で小さく息をついていると、いつもよりいくらか緊張した様子の奈々がぐいと光啓の袖を引いた。

「芥川さん、あそこ……」

「歓迎の準備は万端ってことだね」

どうぞとばかり開かれている入り口から足を踏み入れる。

コンテナが積まれた倉庫の真ん中に、空洞のようにやや広い場所があり、そこには複数の男たちに囲まれて椅子に縛られた順の姿があった。

「光啓ぉ……奈々ちゃんも、ごめんなぁ……」

ふたりの顔を見て安心したのか、順の顔はすぐにぐしゅぐしゅになった。

そんな順の五体満足で怪我も無さそうな様子に光啓もいったんは安堵したが、その後ろからゆっくりと近付いてきた男に再び緊張感が戻ってくる。

「……なんだ、女連れとはずいぶん余裕じゃネェか」

「ひとりで来いとは言われなかったからね」

そう言うと、相手の男は「フン」と面白がるように鼻を鳴らしたのだった。

（……チャンスは一瞬だ。絶対に、無事に脱出する……！）

第十二話

（思った通り、倉庫の構造はこの辺りの他のやつと同じっぽいな）

薄暗い倉庫の中へ足を踏み入れ、順の無事を確認した光啓は、暗さに慣れてきた目で視線を周囲に巡らせた。

他の入り口を塞ぐように積み上がっているコンテナのせいで広さはわかりづらいが、一番奥までの距離は五十メートルほどだろうか。高さはだいたい二階建てぐらいで、天井近くに明かり取り用の窓がある。

（順を囲ってるのは、その左右にひとりずつと後ろにひとり……外に警備がうろついていた割には少ないな）

この人数で十分だと思っているなら、あちらは奈々の情報は持っていないということだろうか。

「そんなにビクビクしてんじゃねェよ。用が済めばすぐ返してやる」

そうやって周囲を観察している光啓の態度を怯えだと思ったのか。男たちからやや離れ、光啓たちに立ちはだかるようにして立っていた男が、電話で聞いたのと同じ声で小馬鹿にしたように言った。

「その証拠に、オマエらの入ってきたとこは、開けといてやってるだろ？」

その話しぶりや派手な佇まいはカタギの人間ではないとわかるものだったが、いかめしい男たちを従えているにしては細身だし、歳は光啓と変わらないようだった。

（にしても……こんな薄暗いのにサングラスって、ちゃんと見えてるのかな）

思わず余計なことを考えてしまった光啓だったが、沈黙が続くのに耐えられなかったのか「光啓ぉ〜〜」と順が情けない声をあげた。

「ごめんよぉ〜〜助けてくれよぅ〜〜」

「わかってる、わかってるから」

ガタガタと椅子を鳴らして訴える順を両側の男たちがぎろっと睨み付けるのに、光啓の方が慌ててしまう。すると「コイツはずっとあんな調子だ」と男は肩を竦めた。

「わざとなのかただのバカか、これじゃ話になんネェだろ。わざわざアンタに来てもらったってわけだ——芥川光啓さんよ」

「……っ」

フルネームを知られていることに、光啓が思わずびくりと肩を強ばらせると、男は面白がるように喉を鳴らした。

「ああ、こっちだけ名前を知ってるってのは不公平だよな。俺は太宰……太宰　作之助（だざい　さくのすけ）だ。偽名じゃネェぞ」

この名乗りは、後で探られたとしても『問題ない』という余裕を示すためだろう。

（もとから、あっちの犯罪行為をネタに交渉するつもりはなかったけど、やっぱりこちらの不利は大きいな……）

「それで早速本題だが、呼び出された理由はわかってんな？」

ここまで来て変に知らないふりをしても悪い流れになるだけだ。

「……順が手に入れた情報を渡せ……ってこと、ですよね」

あえてこちらの口から言わせようとする態度に、光啓も慎重に応じる。

（順が売ろうとしたのはヒントだけだったはず。その情報だけで誘拐したってことは、当然、僕らが他の情報も持っていると考えているはずだ。問題は……）

彼らが〝どこまで〟で満足するかだ。案の定「おいおい」と作之助は肩を竦めた。

「ひとつっきりなんて、ケチくせえこと言ってんじゃネェよ。お互い腹の内はぜんぶ開いていこうぜ？」

（やっぱり、そう来るか……）

『Ｓａｔｏｓｈｉ　Ｎａｋａｍｏｔｏ』のコードが実在すると知った以上、こちらが複数のコードを持っている可能性について考えていないはずはない。それが「持っているかも知れない」レベルならこちらから存在を匂わせるのはまずいが、かといって虚偽を口にすればあちらの持っている情報次第では悪手になる。

「そう言われても……僕らが今出せる手札はそれだけです」

光啓はギリギリ嘘にならないよう言葉を選んだが「ふーん？」と作之助は小馬鹿にするように口を歪めた。

「お友達の身柄をずいぶん安っぽく見積もるんだなあ」

サングラス越しにも、作之助が値踏みするようにこちらを見ているのがわかる。この様子だと、光啓たちがひとつ以上のコードを手にしている可能性は高いと踏んでいるようだ。

（けどまだ、確証はない……ってところかな）

「……じゃあヒントごと、というのでどうでしょうか。コードの解読に使ったものは、本来持ち主に返さなければならないものですが、幸い僕らなら『穏便に』それを譲ってもらえる立場にあります」

あくまで持っているコードは順が売ろうとしたヒント分だけ。そう思わせるように、光啓は精一杯下手に出ている風を装う。

「コードだけじゃ、怪しすぎて取引してくれる人はいません。ヒントをお渡しすれば僕らは敵ではなくなりますよね？」

「どうだかなぁ。写しなんていくらでも残せるだろ」

（乗ってきた……！）

疑わしげ、というより圧をかけるように反論してくる作之助に、光啓は内心でぐっと拳を握りしめる。

「い、いくらでも作れる、と思われがちだからこそ、原本の存在価値がある……ですよね」

追い詰められて必死に反論をしている、ようにみせかけているが、それは話題を複数のコードの話からヒントまで渡すかどうかに逸らす誘導だ。追求するほど、論点はずれていく、はずだったのだが……少しの間黙っていた作之助が、ふいに喉を震わすように笑い始めた。

「……っ、ははは！　聞いてた以上におもしれーな、オマエ。オトモダチを捕られてんのに駆け引きに持ち込もうなんざ、たいした度胸じゃァネェか」

（……聞いてた？）

その言葉に嫌な引っ掛かりを覚える光啓に、作之助はにやにやと続ける。

「本当はもっと『お話』を楽しみてぇとこだが、ま、こっちにも事情があってな。単刀直入に言わせてもらうわ——ヒントに用はない。オマエの手持ちのコードを全部よこせ」

「……っ」

ここから先は交渉の余地などない、と冷えた声が教える。彼らはプロだ。一つか複数かは体に聞けばわかる、と暴力の気配で脅してくる。

それでもすぐには頷けず、光啓が何とかこの場をやり過ごせないかと頭を回転させていると、その焦りを見抜いているかのように作之助は目を細めた。

「金がいるんだろ？　それも、相当な金額がな。なあ……オニイチャン」

「……ッ‼」

駄目だ、とわかっていても顔色が変わるのを止められなかった。どうしてそれを、と口に出さなかったのが精一杯だ。作之助の後ろで順がぶんぶんと首を振っているところを見ると、彼が教えたのではないようだ。

(じゃあ……誰が……？)

どくどくと心臓が嫌な音を立てていたが、それが収まるのを待つはずもなく、作之助は「よく考えろよ」と一歩光啓に近付いた。

「こんなところで、命ごと手がかりを失うなんて損じゃネェか。コードはただの情報だ。渡したって、無くすわけじゃネェ、Ｗｉｎ‐Ｗｉｎってやつだ。だろ？」

作之助の言うこともっともではある。物理的な錠前とは違って、コードはあくまで文字の羅列にすぎないのだから、光啓たちが記憶喪失にでもならない限り失われたりはしない。だが。

（コードを持つ人間が増えれば、それだけチャンスが減る……）

それは、一葉を助ける手段を失うことに他ならない。

しかし今、この場を乗り切らなければそもそも命が危ない。

「……芥川さん……」

奈々がそんな光啓の様子に、心配げに声をかけた――その時だ。

今まで薄暗かった倉庫の中に、強烈な光が満ちた。

「うわッ⁉」

「な、なんだ⁉」

「テメェ、サツを……ッ⁉」

作之助がそう思ったのも無理はない。入り口から突然入った光は、警察がサーチライトを照らしたように見えるだろう。しかし実際は、光啓がこの場に来るまでに仕組んでいた小細工だ。

(思ってたよりうまくいってよかった……!)

この辺りでは最近倉庫のライトアップイベントが行われていて、光の強い照明が複数ある。そのうち、時間とともに角度を変えるタイプのものを探し出して、ちょうど光啓たちが行く予定の倉庫の方向に光が行くように並びや角度をいじっておいたのだ。

もちろん、一つだけ動きがおかしいと不自然なうえ光も弱いので、あるタイミングで一斉に同じ方向に一瞬だけ向くようにしたのである。

事前に倉庫の位置や構造、周辺の建物を調べておいたので、光が入ってくる方向も計算済みだ。

(もし入り口まで塞がれてたら危なかったけど……)

そうなっていれば交渉するつもりはあったが、作之助が入り口から一直線になるような位置に男たちが配置されているのも幸運だった。光啓たちを注視していた男たちは、その後ろから入ってくるスポットライトのような光を正面から浴びることになったのだ。あまりの眩しさに男たちは目を開けていられない様子でとっさに両手で目を庇ったが、もう遅い。次の瞬間には、光啓と奈々は順に向かって走っていた。

「とう!」

誰よりも動きが早かったのは奈々で、走った勢いそのままに右側にいた男の鳩尾に深々と肘鉄を叩きこむ。

「ぐえっ」と呻きながら体をくの字に折った男の顎に、続けざまに突き上げた手のひらを叩き込んで気絶させる。

その間に、光啓も隠し持っていたカッターで順を椅子に縛っている縄を切って立たせようとしていたが、奈々が二人目を倒す方が早かった。

「はっ!」

立ち位置を移動する間で反撃されないためにだろう、まだ順が座ったままの椅子の背に手をつき、そこを支点に地面を蹴ると足で扇を作るような綺麗な側転を決め、その足がそのまま左側の男の側頭部を蹴り下ろした。

光の入ってきた入り口に背を向けていた光啓たちと違って、男たちは光を正面から見たのだ。暗さに慣れた目は、突然の光にすぐには馴染めない。右の男が倒されたのがわかっていても、奈々の動きまではっきり見えなかったのだろう。

「ぎゃっ」

頭を蹴りつけられて上体が傾いだ男は、何とか反撃しようとしたのか手を懐に突っ込んだ。銃でも取り出そうとしたのだろうが、その動作が終わるまで待つような奈々

ではない。

「ふ……ッ！」

蹴りが決まったのと同時に着地した奈々は、その次の瞬間には片足を軸にしてもう一方の足を鋭く振り回し、今まさに懐に突っ込まれた彼の腕を蹴り払った。ドガッと鈍い音がして、食らったわけではないはずの光啓の方がびくっとしてしまう。

「順、ほらさっさと立って！」

鮮やかな奈々の動きにうっかり見入ってしまいそうなのを堪え、光啓は縄から解放した順を強引に立たせると、そのままその腕を引っ張って入り口へと走った。

「テメェ……！」

「……！」

次の瞬間、パァン！　と一発の銃声が倉庫の中に鳴り響いたのだった――……。

第十三話

「順、ほらさっさと立って！」

奈々が鮮やかに黒服の男ふたりを倒していく中、光啓は椅子の縄を切って順を強引に立たせると、その腕を引っ張って唯一開いたままの入り口へと全力で走った。

だが当然、作之助も簡単には脱出を許してはくれない。

「テメェ……！」

「……！」

光啓たちが順に向けて駆け出した時点で、すぐに意図を察したのだろう。唯一の脱出先である入り口を潰すために動いていた作之助は、走り抜けようとしていた光啓たちの正面に立ちふさがってきた。

（ほんとに頭が切れるやつだな……っ）

眉間に思わず力が入ったが、焦りはない。作之助の手がこちらに向けて銃を構えていても、光啓には不思議と恐怖はなかった。

何故なら、すでに光啓たちをブラインドにする形で姿を隠しながら助走をつけた奈々が、側にあったコンテナの側面をまるで忍者のように斜めに駆け上がって光啓たちの頭上を飛び越え、作之助のすぐそばへ跳んでいたからだ。

「な……ッ」

さすがの作之助もまさか奈々が上から来るとは思っていなかったのだろう。とっさに銃口を奈々に向けようとしたが、それよりも早く着地した彼女の足が、銃を持つ作之助の腕ごと蹴り上げていた。

「ぐ……！」

とっさに引き金を引いていたようだが、遅かったようだ。パァンッ！　と高く音を弾けさせた作之助の銃は天井を撃つ。

「はあ……ッ！」

その音と同時に、奈々は蹴り抜いた足の勢いを殺さずそのまま体を一回転させると、その勢いを乗せた拳で作之助の側頭部を殴り付けた。ゴッとだいぶ痛そうな音が響いてサングラスが飛び、作之助の体がコンクリートの床に倒れこむ。

「ク、ソ……ッ」

女性だと思って無意識に油断していたからか、単純に威力が凄まじかったのか彼はすぐに立ち上がることができないようだった。

「早く……！」

睨み付けてくる視線を感じながら作之助の横を駆けた光啓たちは、そのまま全力で倉庫街を走り抜けたのだった。

＊＊＊

「はぁ……はぁ……ここまで来れば、なんとか……」

作之助の手から逃れ、ようやくひっそりとした倉庫街から人通りが多い道まで出た光啓たちは、駅へ向かう人の流れに紛れるように速度を落とし、ようやく安堵の息を吐き出した。

「いやー、しっかしすごいな！　奈々ちゃんは！」

誰よりも危険な目にあったくせに、順が緊張感の無い声を上げる。

「最後のあれ、パルクールだったっけ？　カンフー映画かなんかかと思ったぜ」

「順……誰のせいでこんなことになったと思ってんの」

まるで何かのアトラクションの後かのようなお気楽な順の発言に、光啓はじとりとその横顔を睨み付けた。

「うかつなことはするなって言ったでしょ？　案の定こんなことになって。たまたまうまくいったからよかったものの……」

「まあいいじゃん、こうして無事だったんだからさあ」

当事者のくせにそんなのんきなことを言うものだから、光啓が追加で口を開こうとすると、その横から「よくありません！」と奈々が大きな声で言った。

「あちらが最初から銃を構えてたら、危なかったんですよ！　あの人たち、全然油断してなくて……もし本気で殺すつもりだったら……どうなってたか……」

その声は怒ったように強く、倉庫の状況を思い出したのか、奈々がぎゅうっと掌を握りしめた。

「芥川さんの作戦が成功してなかったら……助け出すなんて無理でした」

「あー……えっと、ご、ゴメンナサイ……」

さすがの順も、あれだけ強かった奈々が肩を強張らせている様子で自分がいかに危険な状況だったのか理解したのだろう。今更ながらに真っ青になった横顔に呆れながら「とりあえず」と光啓は溜め息と共に空気を切った。

「説教は後にして、いったん、情報を整理しよう」

「ここでですか？」

奈々が目を瞬かせるのに、光啓は「用心のためにね」と頷く。

「喫茶店なんかだと、聞き耳を立てられる危険があるから。歩きながら、なるべく自然に話して」

ふたりが頷くのを待ち、意識的に人の多い方向へ進みながら光啓は続ける。

「それで結局、順はどこまであいつらに話したの？」

「それがさ、ほとんどなーんも話してないんだよな」

順は首をかしげるように言った。

「いきなり現れたごついおっさんたちに俺がパニックになってたせいもあるけどさ、あいつら俺の名前と、売ろうとしてたコードの話しかしてこなかったぜ」

「コードについてはなんの話をしたの？」

「手に入れた場所とか、どうやって手がかりを手に入れたかとかさ。でもなんつーか……あいつら最初からほとんど知ってたんじゃねーかな」

どういうことかと光啓と奈々が目を瞬かせていると、「ヒントを売りに出してから俺にたどり着くまでが早すぎんだよ」と順は肩をすくめた。

「記録調べてみねーとわかんないけど、ヒントの方じゃなくて俺の方に網を張ってた感じなんだよな。多分強盗事件の前から店に目ぇつけてたんじゃねーかな。じゃなきゃ真偽確認もなしに人ひとり誘拐してコードをよこせとはならねーじゃん？」

その推測はもっともで、こういうところが侮れないんだよな、と光啓は頷いて先を促すと「後は……」と順は首を捻る。

「俺のポケットからスマホ抜いて、無理矢理指押し付けてロック解除して、履歴からお前の名前を見つけて……って感じだな」

「名前ってことは……僕のことも最初から知ってたってことか」

「知り合いか？」

「そんなわけないでしょ」

不思議そうに言われて思わず返した光啓だったが、ふと疑念が頭をよぎった。作之助自身は知り合いではない。けれど、彼に繋がっている誰かはこちらの知り合いの可能性は無いだろうか。

（だって、あいつは……）

作之助とのやりとりを思い出しながら、光啓は眉を寄せた。

「まさか……いや、でも……」

「芥川さん？　どうかしたんですか？」

自身の思考にのめりこみかけていた光啓を、心配そうな奈々の声が引き戻した。

「顔色、あんまり良くないですよ。どこかで休憩したほうが……」

「……ううん、大丈夫。今は情報の整理が重要だから」

幸い追っ手の気配はない。今のうちに対策を練らなければ、危険が増大する可能性は高い。ふたりをこれ以上不安にさせないために、冷静になれ、と自分に言い聞かせながら光啓は再び順への質問を再開する。

「それで、コードは渡してないんだよね？」

「おー。俺のスマホからも辿れねーようにしてあるから大丈夫。サーバーいくつか経由した上で、俺が作ったアプリ通さないと解読できねえようになってる」

（こういうところもさすがだな……）

感心と呆れの入り交じる光啓に、順は「それにさ」と笑う。

「さっきも言ったけど、俺もパニックになっててさ。舌が回らねーこと回らねーこと。あいつらにもすっかり呆れられてさー、渡してないっつーか渡せなかったっつーか、タハハ」

「…………あんないかにもヤクザな相手に誘拐されてこんなのんきでいられるの、順ぐらいなもんだよね」

「いやーそれほどでもー」

「誉めてないから」

順の反省の無さに頭を痛めつつ、光啓はやっぱりそうか、と確信を深めた。

(誘拐は……多分あの作之助って男の本意じゃない)

少しのやり取りでも、彼が切れ者だということはよくわかった。倉庫の中にいた人数は少なかったが、周辺に配置されていた見張り役の数や塞がれた窓。光啓の策と奈々の存在が想定外であったにしろ、彼らは交渉が終わるまで逃がさない準備をしていた。

だというのに、順から無理矢理聞き出そうとするわけでもなく、銃を突きつけて脅すようなこともなかった。彼らなら、こんなやり口よりもっとうまくコードの情報を手に入れる手段があったはずだ。

(順が言ったように、早すぎるのも気になる。僕だったら……コードのヒントが売りに出された時点では飛びつかない。次のヒントが売りに出されるまで待つだろうな)

こういう商売は小出しにする方が儲けられるものだ。ヒントもまるごと一つではなく複数に分けて売るだろう。逆に偽物ならそれ以上のヒントを出すことができないから沈黙する。そうやって観察しながら、売り手が二つめのコードを探し当てるのを待つのだ。

（あの男が言ってたように、コードが物理的なものでない以上売り切れるようなものじゃないんだから、慌てて飛びつくより泳がせておいていくつか集まったところで教えさせればいい……順を誘拐したように）

ヤクザである彼らは、それができる人数と暴力という手段があるのだ。それに、あの作之助という男が、光啓という存在を知りながら順を誘拐相手に選んだ理由もわからない。人質として使うなんてことをしなくても、光啓に直接「質問」をすればいいはずだ。殺すつもりはなかったにせよ、逃げようとした光啓たちにためらいなく銃を向けるくらいにはこちらが生きているかどうかに興味がなさそうな彼らが、手間をかけて「交渉」するとは思えない。

（誘拐するように……殺さないように指示した人間がいる……？　だとしたらその理由は――……）

光啓が考え込んでいた、その時だ。突然に鳴り出したスマートフォンの着信音がその思考を途切れさせた。

「うわっ、びっくりした！　だ、誰のだよ⁉」

「びびりすぎでしょ……僕のだよ」

大袈裟に驚く順に息をつきながら画面を見た光啓は、表示されている意外な名前に目を瞬かせた。

「高見さんから……？　何でこんな時間に……」

いぶかしみながらも電話に出た光啓の耳に飛び込んできたのは、

「……えっ、一葉が……!?」

第十四話

「高見さん！　一葉に何が……」

病室へ駆け込んだ光啓に、ベッドの前に居た寧が「芥川さん、病院内ですよ」と口元に指をあてた。

「……すいません」

頭を下げ、光啓が他のふたり——奈々と順と共に病室へ入ってドアを閉めると、寧は一葉の寝ているベッドへと三人を手招いた。

(顔色は……悪くないな……)

電話では「一葉の容態が急変した」と聞いていたが、今の彼女は規則的な寝息を立てている。呼吸や表情も穏やかな様子で、光啓はいったん胸をなで下ろした。

「先程容態が安定したんです。今は、薬の影響で眠っています」

「そうですか……」

寧の説明に、光啓がようやく安堵の息を吐き出すと「うう」と奈々が泣きそうな声を漏らした。

「よかったよう……」

同じように奈々もずいぶん心配していたようで、へたへたとしゃがみ込んで一葉のベッドの端へ突っ伏す。その肩を軽く叩いてやりながら、説明を求めるように光啓が視線をやると、寧は一葉の髪を指で整えてやりながら小さく頷いた。

「先日の発作からかなり間が短かったので……何かあってはと、こんな時間ですが連絡させてもらいました」

「……ありがとうございます」

一度は安心した気持ちが、その言葉で再び不安に引き戻された。発作の間隔が短くなるたび、一葉の命の期限も近付いてくるのだ。ぎゅうっと拳を握りしめる光啓の表情に、寧は安心させるように「芥川さん」と声をかけてきた。

「念のため後日検査は行いますが、恐らく今回の発作は周期的なものではなくて突発的なものだと思います」

光啓の心配を察したように、大丈夫だと説明してくれる寧に何故か真っ先にうるっと涙ぐんだのは順だ。

「よかったなあ、光啓」

「……うん」

この中で一番一葉との関係が薄いはずの順の反応に、光啓は思わず顔をほころばせた。困ったところの多い彼だが、こういうお人好しなところが憎めないのだ。

ようやく気持ちが落ち着いてきて、寧と場所を入れ替わって一葉の側に寄り、光啓はその寝顔を眺めた。安定剤かなにかの効果なのかだいぶ深い眠りのようで、病室に人が増えた気配に気付く様子も無い。

そんな一葉に、光啓はふと違和感を覚えた。

(……こんな風に寝入ってしまうのは、強い発作の後だったはずだけど)

一葉の病気は発作症状がその時々によって異なる。特に強い発作が起きた時は、その苦痛のためにひどく体力を消耗するので、その疲労で安定剤の効果が強めに出て、眠りが深くなることがあるのだ。

(症状が出たにしては、シーツは乱れてないし、汗をかいた様子もない……)

寧から電話があってから病室に来るまでにかかった時間は一時間もない。発作が終わってから汗をぬぐったり片付けをしたりする余裕は無かったはずだ。

単純に、夜中だから発作が軽くても眠りが深くなった可能性はある。けれど、それなら寧がこんな時間に光啓を呼び出した理由と矛盾する。周期を外れた軽度の発作は今までもちらほらと起こっているし、そのたびに見舞いに来るのが難しいこともあって、最近ではよほどのことが無い限り病院から連絡してくることはないのだ。

「…………」

そんな違和感に光啓が沈黙している中「ただ……」と寧が言いづらそうに口を開いた。

「このところ、周期が乱れがちになってはいるようです。早く……治療ができるといいのですが……」

その言葉に、奈々がさあっと顔色を変えて光啓をすがるように見る。だが、光啓には首を振るしかできなかった。『Ｓａｔｏｓｈｉ　Ｎａｋａｍｏｔｏ』のビットコインの手がかりもそのうちの二つを見つけただけで「治療費の当てがある」とはとても言えない状況だ。

ふたりが深刻な顔をしているのを見比べながら「なあ」と思わずと言った様子で口を開いたのは順だ。

「やっぱさあ……多少ヤバくても、バラ売りしてくのがいいんじゃね？」

「え、徳永さん？」

それがコードとヒントのことだとわかって奈々は戸惑ったように光啓と順を交互に見やった。その懸念の意味を察しながら、光啓はあえて順の言葉を否定せずに「そういえば」と話を変える。

「さっきまでのドタバタで聞き損ねてたけど、結局ノートのヒントは解けて、コードは手に入ったんだよね？」

「おー、そうだった。コードはいつでも解読できるようにしてあるけど、まだ実際には見てねーんだよな。お前の手がかりだし、勝手に見ちゃいかんと思ってさ。見る？」

売りに出す時はこっちの話は聞かなかったくせに、妙なところで律儀な男である。

光啓は「それは後でいいよ」と苦笑して首を振った。

「それより、他にヒントが無かったかどうか知りたいんだけど。ノートには他に何か変わったところはなかった？」

「そーだなあ、ノートにっつーかノートの記録にちょっと引っかかってることがあってさ。筆跡の違う売上記録があって、そこの数字が妙に規則的な……」

「あ、あの！」

そのままつらつらと説明を続けようとする順に、思わずと言った調子で奈々が割り込んだ。

「もう夜は遅いですし、その話はまた明日じゃ……だ、だめですかね？」

奈々が慌てている理由はよくわかる。コードを探していることを他者に知られれば無用なトラブルに繋がりかねない。順は寧のことを関係者だと思っているのか、あるいはそもそも気にしていないのか頓着していないが……。

光啓は「大丈夫」と奈々にだけ聞こえるよう声を潜めた。

「ちゃんと詳細がわからないように気を付けてるよ。さっきも言ったけど、状況と情報の整理は今日の内にしておいた方がいいからね」

「そう……ですか」

奈々はまだ不安そうだが、光啓への信頼からかそれ以上は黙ることにしたらしい。頷いた奈々に笑いかけてから、光啓は不思議そうにしている順に向き直る。

「ノートに次のヒントがあるのはわかったよ。この調子なら、次のコードもそう遠くないうちに手にできると思う。でも……」

言いながら、光啓はわざと不安そうな表情を作って見せた。

「急がないと。このままじゃ、一葉の体が……」

「だったらさあ、やっぱ今手元にあるぶんで稼げるだけ稼いだ方がいいって。あくまで売るのはヒントだけにしとけばさ、ライバル増やす確率だってそう上がんねぇだろ？」

その言葉に、順は先の提案を再び口にした。最初こそ、短絡的にお金になると動いたのだと思っていたが、順は彼なりに光啓が大金を必要としている理由を慮ってくれていたのだと今はわかる。そんな彼の純粋なところを利用しているようで心苦しさを覚えながらも、光啓はその提案に揺れているところを見せるように「まあね……」と重苦しく頷いている。

「情報の売買は本来価値を薄めるけど、コレはあくまで手がかりに過ぎないし、僕らの手から何かが消えるわけじゃない」

「だろ、だろ⁉」

光啓が乗り気だと思ったのか、予想通り順が前のめりになってきたタイミングで「でも」と光啓は反論する。

「それをうかつに売りに出すのがどれだけ危険かは身をもって知ったでしょ？　順、さっきまで誘拐されてたんだよ？」

「そりゃあ今回はやばかったけどさ、逆にヤクザが乗り出してくるぐらいの儲け話ってことじゃん？」

光啓の言葉でかえって順が熱を持って、どうやって儲けるか、どのくらいの金額が手に入る可能性があるかについて話し始めたことに奈々が横ではらはらしだした、その時だ。

控えめに「あの……」とそれまで黙っていた寧が口を開いた。

「それ……治療費にあてられないですか？」

「え？」

寧の口からそんな言葉が出たのに、奈々が驚いて目を丸くする。

「すいません、お話に割り込んで……でも、そのヒントというものでそれだけお金が手に入るなら、その……コードそのものなら、もっと大きなお金が……入るんじゃないですか？」

「え？　そりゃまあ……たぶん」

予想していなかった人からの問いだったからか、順がびっくりしたようにしつつも頷くと、少し考えるような間を空けて寧は続ける。

「もしそうなら……コードが二つもあれば、そのお金で治療費はなんとかなるんじゃないでしょうか……」

「そ、そうなんですか⁉」

奈々が期待に顔色を明るくした横で、順もぱっと目を輝かせたが、光啓は複雑な気持ちでふたりの横顔を眺めていた。

（……信じたくなかったけど、やっぱりそうなのか）

ふたりは、一葉のことを真剣に心配し、助かるかも知れないと思って純粋に喜んでいる。そんな彼らの気持ちをわかっていて利用したのだ。光啓は胸に広がる苦い罪悪感と、ゆらゆらと熱を持った怒りに拳を握りしめると、静かに口を開いた。

「……あなたらしくないですね、高見さん」

「おい？」

「芥川さん？」

その声は光啓自身が思っていた以上に低く響き、奈々と順が軽く目を瞬かせたが

「えっ」と声をあげて驚いたのは寧だ。

「あの……何が、ですか……？」

突然のことに困惑したのか、おろおろとする寧に、光啓は表情を変えないまま続けた。

「僕たちの話に口を挟んだこともそうですが……普段のあなたなら『誘拐されていた』なんて話を聞いて、まずお金の話なんてしないはずだ」

「そ、それは……っ、一葉さんのことが、心配で……！」

「本当にそうですか？」

言い募ろうとする寧の言葉を断つように、光啓はただ冷たく先を続ける。

「あなただったら、誘拐されていた相手が再び同じ危険を冒そうとしていると知ったら、こういうはずなんです『そんな危ないことはしないでください』と」

寧は優しく、どちらかというと心配性とも言える女性だ。何故それを口にしなかったのか、いや、まったく心配するそぶりすらせずに、推奨ともとれる言い方をするのか。

「それは……あなたがこの誘拐がどういうものだったかを知っているからだ」

第十五話

「芥川さん！」

寧を追求しようと前へ出た光啓を制するように奈々が強い声で呼び止めた。

「何を言ってるんですか⁉　寧さんが徳永さんの誘拐を知ってるって、そんなことあるわけ……！」

「志賀さんはおかしいなって思わなかった？　僕らが危険なことに頭を突っ込もうとしてるっていうのを聞きながら、止めもしないなんて。高見さんは僕らの話してることが理解できないような人じゃない」

「それは……」

憤りを見せていた奈々だったが、光啓の冷静な言葉に強く反論できないところをみると、彼女自身違和感はあったのだろう。それでもまだ、信じられないと言った様子で縋るように寧を見つめながら訴えるように奈々は口を開く。

「私たちを信頼してくれてるから……ですよね⁉」

「そ……そうです、だって……芥川さんはとても頭もいいから、そんな危険なことにはならないと……思ったから……」

奈々の援護に気を取り直したのか、寧はおろおろと戸惑った様子のまま反論したが、光啓はふるりと首を振った。

「買いかぶりですよ。僕は危険に近寄らないようにすることはできても、危険をどうにかできる力はないです。実際、志賀さんがいなければ撃たれてました。発砲があったことも、そのうちニュースになるかもしれませんね」

「えっ⁉」

そう口にした瞬間に青ざめた寧の顔は、いつもの彼女の顔だった。心の底からの心配が表情に滲み、大丈夫だったのかと問いかけそうに動いた唇。そんな風にいつでも親身になろうとする彼女だから、一葉のことを任せられると信頼してきたのだ。ぐつぐつとこみ上げる気持ちにぎゅうっと拳を握りながら、光啓は「危険だと思わなかった、と言うのは嘘ではないんでしょうね」と口を開く。

「あなたは、誘拐された順が殺されることは無いと最初から知っていた。だから、そこまで危険なことだという認識がなかった。なんなら、僕らが大袈裟に危険視しているだけだと思った……そうでしょう？」

「……っ」

黙り込んでしまった寧の肩が震えている。今、彼女はどんな気持ちで聞いているのだろうか。顔を青ざめさせた奈々が袖を引っ張って「これ以上はやめてほしい」と言いたげにしていたが、ここで追求をやめるわけにはいかない。光啓は声が震えそうになるのを堪えながら「高見さん」と口を開き続けた。

「何故、あなたがそんなことを知っていたのか。ヤクザたちがあなたにそう告げたから？　違う。あいつらにはそれを部外者に教える理由はない。つまりあなたは部外者ではなかった」

「……違います」

「そして、あいつら自身には殺さないなんて条件をわざわざつける必要もない。つまり……」

「違います……っ！」

寧は声を上げたが、光啓の声は容赦なく断罪する。

「この誘拐は、あなたが仕掛けた……そうですよね、高見さん」

「嘘……っ!!」

反論したのは、奈々の方だった。真っ青になりながらも、その顔は必死に光啓に縋るようにして声を荒らげる。

「そんなわけないじゃないですか……！　寧さんが、そんな人たちと関係があるわけ……どうして……そんなこと言うんですか……！」

（僕だって信じたくないよ、こんなこと）

どうして寧が自分たちを裏切ったのか。叫び出したいのは光啓だって同じなのだ。それでも今は、真実を明らかにしなければならない。奈々から視線をそらしたまま、光啓は厳しく寧の追求を続けた。

「……最初からおかしかったんですよね。あいつらはあまりに僕らのことをよく知っていた」

「あー……それな。俺もおかしいなとは思ったんだよな」

頷いたのは意外にも順だった。

「だってさ、光啓のこと知ってるなら俺『だけ』誘拐するなんて面倒なマネいらないじゃん？　最初からどっちも捕まえてりゃ、両方人質になって効率いいしリスクも少ないしさ」

自分が被害にあったわりに他人事だな、とやや釈然としない気持ちはありつつも、順の同意は今の光啓にとって心強い。

「そう。あいつらにはもっと手っ取り早い方法があった。なのに何故こんなマネをしたのか……おそらくそれが取引だったからだ」

「取引？」

「ここからはただの推測だけど……あいつらと高見さんはずいぶん前から情報提供者としての関係があったんだ。例の強盗事件のあたりからね」

強盗事件に直接ヤクザたちが関わっていたのかはわからないが、太宰と名乗っていた非常に頭の切れるあの男が、第三者からの情報だけで動くとは思えない。おそらく、あの現場のことやそこを訪れていた光啓たちのことを教えることで信用を得たのだ。

「そこで、順を誘拐して僕を呼び出し、情報を出させるように指示したんだ。条件は絶対にふたりを殺さないこと……ってところかな」

「え……？　でも……あれ？」

奈々もそのおかしさに気付いたらしい。

「ヒントを持ってるのは徳永さんで……でも、あの人たちが交渉していたのは芥川さんで……？　あれ……？」

首をかしげる彼女に光啓は説明を続ける。

「順が推測した通り、あいつらは順がヒントを手に入れたという確信から、売りに出された情報を逆算して順を特定した。普通なら順ひとりを捕まえてヒントを吐かせればそれでよかった……」

そうすれば自然と光啓のことを知ることができただろうし、次にターゲットになったのは光啓だったはずだ。そうしてヒントとコードを手に入れられたはずだ。

（とはいえ、あの太宰って男が本当に誘拐なんかするとは思えないけどね……）

倉庫で会った時の反応から考えて、彼ならそんな即物的な手段には出ない。光啓たちがコードを集めていること、そして実際に手に入れていることを知れば、監視をつけて他のコードを集めるまで待つ方法を取ったはずだ。それなのにわざわざ光啓を呼び出した時点で、彼らが自分たちとは違う誰かの思惑で動いていたと推測するのはたやすい。

その先を説明しようとしたその時だ。「あー、それでか」とひとり納得したように頷いて、順がにゅっと手を出してきた。

「光啓、ちょっとお前のスマホ貸して」

突然話に割り込んできたのに驚いたものの、こういう時の順は何から何までお見通しのことが多い。逆らわずスマートフォンを手渡すと、順の指先はさらさらと動いて何かを探しているようだった。そして。

「やっぱな。これ、盗聴アプリ入ってるわ」

順が見せてくるスマートフォンのどこにその印があるのかはわからないが、彼が言うのならそうなのだろう、と光啓はため息をついた。

「……………やっぱり、そうなんだ」

「あ、なんだ光啓気付いてたのかよ」

「予想はしてたよ」

光啓が頷くと、順はつまらなそうな口調で言う。

「通話モードになったら起動して、会話を転送するやつっぽいな。これで高見さんだっけ？　が光啓が『Ｓａｔｏｓｈｉ　Ｎａｋａｍｏｔｏ』のコードを集めてるのを知ったってことか」

「そんなこと……わ、私は知りません……！」

さらっと言われて寧は言い返したが、順は「ん？」と首を傾げた。

「だって、じゃなきゃコード売ったら治療費に足りるって計算できねーじゃん」

「……え？」

その言葉に、不意を突かれたように寧が目を瞬かせた。順の言葉はあまりにいろいろ省かれているので、恐らく何を言われたのかわからないのだろう。それでも順の言葉がまずいところを突いたとわかったのか、寧は躊躇いながらも反論を口にしようとする。

「そ、それは、一葉さんの治療費を、少しでも早く……」

「そういうことじゃないんですよ高見さん。あなたがコード二つぶんの計算をしたのがおかしいと言う話です」

それを封じたのは光啓だ。

「え……？　それは、さっき……あなたたちが、話していたじゃないですか。だから私は、あなたたちの持っている二つのコードなら……」

「僕らは、順が手に入れたヒントから得たコードと、次のヒントの話しかしていません」

「ど……うして……どうしてなんですか、寧さん……！」

その言葉で、彼女の裏切りを疑う余地が無くなったからだろう。泣きそうな声で奈々が言う。対して、寧は答えられずに震えていた。ここまできて言い訳は不可能だと思ったのだろう。ずっと一葉のことで信頼してきた彼女にこれ以上追い打ちをかけるのは心苦しかったが、一葉のためにこそ見逃すわけにはいかないと、光啓はただ淡々と問いかける。

「僕が用心深いことを、あなたはよく知っている……だから通話の盗聴では、僕の持っているコードを知ることはできないと悟って、ヤクザたちを使って探ろうとした。

違いますか？」

「…………っ、……」

答えられない寧を見やりながら、光啓はわずかに目を伏せた。

（あえてヤクザたちに順の誘拐を持ちかけたのは、それが一番穏便だと信じたからなんだろうな……）

光啓だけを攫った場合、答えを知っている人間に対する尋問は暴力的なものになる。それを防ぐという意味で、人質を取っての交渉は成功すれば一番傷つかない方法と言えばそうかもしれない。だから、裏切られた痛みと同時に、その疑問が光啓の口を開かせた。

「……そうまでして、高見さんがコードを知ろうとする理由は何なんですか」

「私……私は、ただ……っ」

追い詰められた寧は、自分の体を抱きしめるようにして震えている。答えたくないのか、答えられないのか、更に質問を投げかけようとした——その時だ。

その場に不釣り合いな高いメロディが響き渡った。

「…………ッ」

ピアノが奏でる明るい曲調の電子音がどこから聞こえてくるのかはすぐにわかった。音が聞こえた瞬間に、寧がびくっと体を強ばらせたからだ。

「な……なんで……」

誰が相手なのかすでにわかっていると言う様子で、おそるおそるスマートフォンを取り出した寧は、怯えるようにその通知を見つめている。

「何、どした……え?」

「あ、ちょっと順……」

そのまま硬直してしまった寧に、順がひょいっとその手元を覗き込んだ。さすがに空気が読めなさすぎるだろ、とその腕を引っ張ってやめさせようとしたが、その瞬間視界に入った文字列に、光啓も順と揃って固まる。

「『Satoshi Nakamoto』……!?」

Satoshi Nakamoto

第十六話

「『Ｓａｔｏｓｈｉ　Ｎａｋａｍｏｔｏ』……⁉」

寧のスマートフォンの画面に表示された通知者の名前に、光啓と順は思わず声を上げた。

（どうして……その名前が⁉）

あまりに予想外だった名前に光啓たちが固まっている間、夜の病室には不釣り合いな明るい曲調の通知音が鳴っていた。時間としてはほんの数秒だったが、音がやむのと同時に戻ってきた静寂はかえって不気味だった。

「……すいません」

誰もが動けずにいた中、最初に我に返った光啓はそっと寧のスマートフォンに手を伸ばした。

「あ……っ」

途端に寧が顔色を変えたが、今は構ってはいられない。新規通知があることを教えているアプリを立ち上げると、タイトルのないメッセージが一件。

（送信者……『Ｓａｔｏｓｈｉ　Ｎａｋａｍｏｔｏ』……！）

　こんなところで見ると思っていなかったその名前に、光啓の衝撃は深かった。とっさのことであまり頭が回らない。そんな中で、意外にも口を開いたのは奈々だ。

「メ、メッセージ、何が書いてあったんですか？」

「あ、そ……そうだね」

　その言葉で我に返った光啓が、メッセージを開いた、その時だ。

「な、なんだこれ……」

「っ！　やばい……！」

　メッセージの本文が表示される前にエラーを伝える画面になった。

　順の手が横からスマートフォンをひったくる。

「あっ……ダメか……！」

　そのままその手が画面の上をせわしなく動き、珍しく焦ったような声が上がった。

「何が起きたの？」

「データが全部やられたって感じだな」

　諦めきれない様子でスマートフォンを弄っていた順だったが、再起動した画面を前にため息を吐き出した。

「本体の機能は壊れてないみたいだし。たぶん、さっきのメッセージをキッカケにして別のアプリを起動させて全部のデータを消すようになってたんじゃねーかな」

「そんなことできるんですか⁉」

「盗聴アプリなんかに入ってる特定の機能を監視する仕組みを使って、データの削除機能を強制的に動かすだけだし。そんな難しくは無いぜ。あー……」

驚く奈々に簡単に説明した順は、がりがりと悔しげに頭をかいた。

「光啓のやつに盗聴アプリ仕込むようなやつだもんなー、警戒しとくべきだったぜ」

このぶんだと復旧できないようにしてあんだろうなあ、と、ぼやくと、順は「ほい」とそのスマートフォンをあっさり寧へ手渡した。

「見た感じ、アプリごと消えてるっぽいから、普通に使えると思うぜ」

「…………」

何かの手がかりになりそうなものを返してどうするんだ、と一瞬思ったが、それがわからないような順ではないから、恐らく調べても無駄だと判断してのことだろう。

対して、寧のほうは青ざめるを通り越して紙のように真っ白な顔のまま素直に受け取ると、ただぼんやりと初期の画面のまま動かないスマートフォンを眺めている。

（……まだ頭がついていかないのかな）

そんなことを思った、その時。

「……嘘」

寧はぽつんと音を吐き出した。

「嘘……やだ……嘘、嘘、嘘……ッ」

その声は次第に大きくなっていき、段々と悲鳴じみたそれになっていくと「あっ」と思い詰めたような声を最後に寧は足から力が抜けたようにすとんと床に腰が落ち、そのままスマートフォンを胸に抱え込むように握りしめてしまった。

「寧さん……ッ」

その様子に慌てて奈々が駆け寄ったが、どう声をかけて良いのかわからないのだろう。落ち着かせるように肩をさすったり顔を寄せたりしているが、寧の方はひたすらに俯いたままだ。そんなふたりに対して、光啓は容赦なかった。

「今のメッセージを送ってきたのは『誰』ですか？」

「……知りません」

「『Satoshi　Nakamoto』って名前になっていました。あのメッセージは誰から送られているんですか!?」

「知りません……ッ」

寧は強い拒絶の声をあげると、自分の体を抱きしめるようにして体を縮める。

「私は知りません……私は、何も……っ！」

そう言って俯いてしまった寧は、

「……私は……言われた通りに、してただけで……それが誰なのか、何なのかなんて……」

光啓たちに訴えているような、それでいて独り言のような声は、普段おっとりとしつつも医者らしいまっすぐさをしていた彼女のそれとは比べものにならないほど弱々しい。

「………私……私だって……こんなこと……」

そして、彼女は暗く虚ろな表情で、ぶつぶつと何事かを呟き続けるのだった。

＊　＊　＊

「ほんとに良かったのか？　このまま帰って」

「……妹のこともあるんだ。無理はできないよ」

あの後、寧の悲鳴を聞いて駆け付けた看護師たちに追い出されるようにして病院を後にした光啓たちは、深夜まで開いているファミレスに集まって遅い夕飯を取っていた。とはいえ、三人とも楽しく食事ができる気分では無く、もそもそとセットのサラダをつつく合間に何度もため息が漏れて出た。

そうして過ごすことしばらく。食後に出てきたアイスコーヒーのグラスの底を行儀悪くずごごっとストローで吸い上げて、順は「なあ」と彼にしては珍しくためらいがちな様子で口を開いた。

「でもさー、彼女、あのままにして大丈夫なんかな。すげー混乱してたみたいだけど」

「何がショックなのか知らないけど、自業自得でしょ」

「芥川さん！」

その言い方に強い険を感じたからなのか、光啓が最後まで言う前に、奈々が遮るようにして声を荒らげた。

「そんな言い方って……！」

「…………ごめん」

自分でも苛立ちが消え切っていないことを理解して、光啓は頭をかいた。冷静になれと自分に言い聞かせるように水を喉へ流して一呼吸してから、改めて「どうすることもできないよ」と口を開き直した。

「あのメッセージがどういう意図で送られたのかもわからないからね。何かの指示だったのか取引だったのか……それが失敗したことで、高見さんの思惑が叶わなくなった、ってことぐらいしか、僕らにはわからないんだから」

口にしている内に落ち着いてきて、光啓はゆっくりと息を吐き出しながら続ける。

「最後の取り乱し方から考えて、高見さんにも事情はあるんだと思う」

これまで、妹の一葉のことを親身になって看てくれていたその姿勢に嘘は感じられなかった。だからこそずっと信頼してきたのだ。そんな寧が光啓を裏切るには、それだけの理由があると考えるのが自然だ。

（理由はともかく、彼女が手に入れようとしていたのは僕らの持ってるコードだ。それは間違いない）

盗聴アプリはあくまで通話の内容がわかるだけのもので、光啓は基本的に電話ではあまり詳しい話をしてこなかった。だから、寧が知っているのはあくまで光啓がコードを手にしていること、順が新しいコードを手に入れたことまでで、そのコードそのものを知ることはできない。だからこそ、ヤクザに誘拐事件を起こさせてコードを手に入れようとしたのだ。

(僕らを殺さないように指示したのは……彼女は僕らを害したいわけじゃ無かった……んだろうな……)

そこまで考えて少し落ち着いてくると、光啓はため息を吐き出した。

「一応、話す気があれば連絡してくれるように、名刺を残してきたし……今は高見さんから話してくれるのを信じるしかないよ」

「そう……ですよね……」

その言葉で、ひとまず納得したのか奈々も強ばっていた肩から力を抜いたようだった。そんな中、ふと「それにしても」と光啓は首を傾げた。

「順……冷静だね？」

「ん？」

「だって、順は『Ｓａｔｏｓｈｉ　Ｎａｋａｍｏｔｏ』のファンじゃん……あの名前を見たわりに、静かだなーと思ってさ」

もっと大騒ぎするかと思った、と光啓が言うと、順は「あー」と間延びした声で言った。

「現状、本人判定するには圧倒的に情報足りねーよ。『Ｓａｔｏｓｈｉ　Ｎａｋａｍｏｔｏ』は正体不明なせいで昔っから騙りが相当出てっからなー。それだけスゲー存在で――」

順がドヤ顔で語り出した、その時だ。ブブブブ……と机に置いていた光啓のスマートフォンが震え始めた。

「うお⁉」

「きゃっ！」

順と奈々がびくっと机からのけぞるようにして声を上げた。

さっきの今だ。警戒するのも無理はない。まるで時限爆弾を扱うように三人で息を殺しながらスマートフォンを見やる……そして、その発信者の名前に光啓はふうっと息を吐き出した。

「聯さんか……」

「聯さん？」

順が首を傾げるのに「後で説明するから」といったんその好奇心を手で阻み、光啓は通話ボタンをタップする。と、同時に『おひさしぶりね』と柔らかな声がした。

『デートのお誘いなのだけれど、週末のご予定はいかがかしら⁇』

第十七話

聯からの『お誘い』があった週末。

「おい、なんでここにサツがいんだよ」

「臭う思うたら、お前さんか。なんでヤクザもんがおるんじゃ」

「あぁ？　テメェのヤニほど臭うモンはネェよジジィ」

光啓たちの目の前では、目つきの悪い男たちの剣呑なやりとりが繰り広げられている。

最も怯えた様子の順が今にも逃げ出しそうな顔で言う。

「……なあ、なんで俺らここにいんの？」

「僕もわかんないよ……」

新宿にならどこにでもある胡散臭く安っぽいクラブハウスのＶＩＰルームだ。

集まっている面子もそうだが、落ち着いたライトに照らされた高級な調度品がひしめき並ぶこの室内は、光啓たちにとって場違い感が極めて強い。嫌に柔らかなソファに体が埋もれていく錯覚を抱きながら、光啓はため息を吐き出した。

（情報屋の聯さんに、ヤクザの太宰。もうひとりは会話からすると警察……刑事かな）

　そんな一同のなかに保険会社勤めの一般人の光啓、スポーツ用品店の社員である奈々、プログラマーの順が同席しているというカオスもいいところだが、そのあまりに住む世界がかけ離れた人選であったために、集められた原因はむしろはっきりしているようにも思えた。

「……『Satoshi Nakamoto』のコード探しに関わりがある人間……ってところかな」

「まあ、そんなところかしら」

　光啓のつぶやきのような一言を拾って、聯はにっこりと笑った。

「より正確に表現するなら、コード探しによって起こっている波紋の一端に関わっている人たち、と言うべきね」

　防音の関係か窓も無く、薄暗いライトの中で浮かび上がるテーブルやソファ、壁紙にいたるまでの調度品はシックに抑えられ、既製品では無い上品さがある。入り口の雰囲気とはまったく違った高級感で満ちていて、店自体がこの部屋のために整えられたフェイクだろうと思わせた。

「ヤベー、あのランプってガレじゃん……」

「それって高いんですか？」

「アンティークの高級品だぜ！　このグラスもバカラっぽいし……いくらかかってんだこの部屋……」

「え……じゃ、じゃあ壊したら大変ですね。動く時はぶつからないようにしないと」

居心地の悪さからか、順と奈々が借りてきた猫のように小さくなってひそひそとしているが、その内容に光啓は内心で苦笑した。

（志賀さん、怖がるポイントがずれてるんだよなあ……）

順のほうはシンプルに裏稼業の人間が使うような場所だと見抜いて怯えているが、奈々の方はどうもこの場で暴れる可能性の方を心配しているようだ。とはいえ、ヤクザである作之助を同席させている聯の意図がわからない以上、彼女の懸念はあながち考えすぎということもない。

ちりちりと不穏な気配が狭い室内に満ちる中で、その空気を断ち切るようにパンっと聯がその手を叩いた。

「さて、まずはこのメンバーの紹介といきましょうか」

その一言からはじまった自己紹介は、名前と職業を明かす程度の簡単なものだった

が、光啓たちは聯たちと違って一般人である。そんな自分たちが情報屋やヤクザたちに向けて自己紹介をするというのはどうにも違和感があったが、それは彼らにしても同じだったようで、特に作之助にとって一般人へ所属を名乗るのは基本的に脅しに使う前提であるからか、組名を口にするのはどこか困惑した様子だった。

そんな中、最も態度が悪かったのは意外にも刑事である川端（かわばた）だった。口調のガラの悪さはともかく、よれよれのスーツに使い込まれた靴から仕事熱心な刑事なのかと思っていたが、ライターを探して上着のあちこちを探す様子に、光啓はただのズボラだろうなと認識を上書きした。

（それに、下の名前を名乗りたくないなんて、後ろ暗いことがあるって言ってるようなもんだよ……）

そんな光啓の推測を裏付けるように、組んだ足の先を上等そうな木製テーブルの上に乗せるというマナーの悪さを発揮した川端は、誰の許可も無いままに火を点けたタバコをふうっと吹かす。それを忌々しそうに見やりながら、作之助が「しつけのなってないジジィだな」と吐き捨てたが、川端は煽るようにその顔へふうっと煙を吹きかけた。

「しつけがなっとらんのはお前さんじゃろが。年上を敬わんかい」

「テメェ川端、表出ろや」

光啓と対峙していた時は態度を崩す様子のなかった作之助が、わかりやすく煽られて額に青筋を浮かべている。どうやらこのふたりは相当仲が悪いらしい。

「ケンカはやめてください！」

一触即発な空気に光啓と順がはらはらと様子をうかがっている中で、がたんと腰を浮かせたのは奈々だ。突然のことに全員が驚いてぽかんとしてしまっている間に、奈々は川端に強い視線を向ける。

「川端さんも、煙が目に入ったらどうするんですか！　それに、タバコを吸うならひとこと許可をとらないと、苦手な人もいるんですよ！」

「お、おう、すまんかったの……」

その気迫に押されたのか、川端は慌ててタバコを灰皿の上でもみ消すと、決まりが悪そうにぼりぼりと頭をかいて、どこか気まずそうに作之助と顔を見合わせた。言葉には出ていないが、ふたりともその顔に「調子が狂うな」と書いてある。

「すげえな、彼女」

「うん……」

怖いもの知らずというか何というか、結果的に場を収めてしまったのは彼女があまりにストレートな善意を示しているからだろう。

「うふふ。さすが奈々ちゃんね」

と、聯はどこか満足そうに微笑んでいる。どうも彼女は奈々のことがお気に入りらしい。

「……で。このメンツ集めてアンタは何が目的だ？」

緊張感が緩んだ空気の中で、居心地悪そうに咳払いをしてから作之助が口火を切った。

「どうせロクなことじゃネェんだろ？」

その言葉に頷いて、聯は「そうね」と小さく肩をすくめる。

「まずはあなたたちを呼んだ理由だけどね、芥川さん、あなたが探しているものについて、どうも厄介なことになっているようなの」

「……やっぱり、そうなんですか」

聯の言葉に、予想していたとは言え光啓は思わず眉を寄せた。

（順を誘拐したやつと警察関係者がいる時点で予想はしてたけど……あの贋作師の件からいろいろありすぎたもんな……）

贋作師が涼佑によって殺された日、何事も無かったように日常に復帰したのは聯が手を回してくれたからだ。その後の光啓たちの動きについて、聯が情報を追っていないはずが無い。作之助がここにいる以上、続く強盗事件から順の誘拐のことまで把握しているに違いない。

「こいつの探し物が厄介だっちゅうて、わしらに何の関係がある？」

そんな聯の言葉に、川端が面倒くさそうな態度を隠しもせずに言うと、今度は作之助が「無関係じゃネェんだろうぜ」と口を挟んだ。

「俺はソイツらには世話になったしなァ？」

そう言って意味深に投げられる視線に順がびくりと肩を強ばらせるが、作之助はすぐに興味を失ったように続ける。

「聯さん、アンタが言いたいのはこういうことだろ？　コイツらの探し物は、このところ俺らの界隈で出回ってるキナ臭い話に関係してる」

その言葉に反応を示したのは川端だ。ぴくりと片方の眉を上げ「どういうこった」と説明を求めると、あえて無視するように視線を外した作之助に代わって、聯があとを引き継いだ。

「川端さん。あなたの周りでも最近、ひっかかることがあるんじゃない？　そう、特にあなたの得意分野のことで」

「……そりゃ、わしの『小遣い稼ぎ』のことか？」

問いの形はしているが、ほとんど確信をしているのだろう。タバコくさいため息を吐き出して、川端は上着から手帳を取り出して何かを確認し始めた。

「今月は……ひい、ふう……四件だな。それがこのガキどもの探し物と何の関係があんだ」

「それは、あなたのお話次第よ」

にっこりと言う聯に、川端と作之助、そして光啓はお互いに顔を見合わせた。

（……なるほどね。僕らを集めたのは、お互いに情報共有させるためか）

それを察して、まずは自分からと光啓は一番手として口を開いた。

「僕らが探しているのは『Ｓａｔｏｓｈｉ　Ｎａｋａｍｏｔｏ』が各所に隠したと公言した、巨額のビットコインに繋がるコード……いわゆる『Ｓａｔｏｓｈｉ』コードです。それを探す過程で、絵画の贋作や殺人事件、強盗事件に巻き込まれたこともありましたし、誘拐もありました」

「ほお、そりゃあまた犯罪のオンパレードじゃの」

からかうように笑った川端だが、その目は笑っていない。続いては作之助が「それについちゃ、俺は無関係じゃァねェな」と継いだ。

「その強盗と誘拐についちゃ、ウチの組が絡んでる……が、そのやり口がどうもおかしい」

言いながら、作之助はソファの背もたれに体を預け、足組みをしながら気に入らないという気分を隠さずに続ける。

「ウチは基本、親父からの命令で動く。だがこの二つは直接降りてきたわけじゃネェ。兄貴の指示で、名乗りもしない誰かの電話を受けて動いた。そういう、ウチの組らしくネェ仕事が多くなってやがる……俺は、親父のバックにいる『お知り合い』のお願いじゃネェかと踏んでる」

「なるほどのう」

作之助の含みのある言い方に何を思ったのか、納得した風で川端は顎をごりごりとさすりながら後を引き取った。

「わしは、上の都合悪いモンが無かったことになるように、無かったもんがあったかのように現場を『弄る』ヨゴレをしとる」

「犯罪じゃないですか!?」

奈々が反射的に叫んだが、それを無視して川端は続ける。

「尻ぬぐいが大半じゃし、証拠不十分で逃げおおせようとする犯人の足を引くことも

できるけぇ、ちょくちょく頼まれとったんじゃが、このところそのお願いが妙でのぉ

……お前さんの言う殺人は贋作やっとった絵描きのやつじゃろ？」

そう言った川端に急に射貫くように鋭くなった目を向けられて、思わず頷いた光啓に「あれな、初動で現場におったんはわしだったんよ」と低い声が続く。

「それを『強盗事件』で通せと……そういう、尻ぬぐいを超えとるヤマが何件か起きとる」

瞬間、ぞわりと背中を走った悪寒に、光啓はぎゅうっと自分の二の腕を押さえた。

（これは……どういうことなんだ）

自分たちは『Satoshi Nakamoto』の残した巨額のビットコインを探していたはずだった。

反社会的な考えを持つ者が絡むことは予想できていた。

けれど、その範疇を超える何かが自分たちのすぐそばで動いている。

その予感に、光啓は自身の血が冷たくなっていくのを感じたのだった。

第十八話

しん、と狭い室内の空気が冷えていく。

暗い照明の下ではわかりにくいが、ちらりと視線を向けると奈々も順も顔色が真っ青になっていた。

恐らく自分もそうなのだろうと思いながら、光啓がこの場を設けた主——聯を見ると彼女は「そう、みなさんお察しの通り」と一同の回答に満足しているとばかりに目を細めた。

「あなたたちが関わったすべては、おそらく無関係ではないわ」

あいかわらず真意の見えない笑みをその妖艶な顔に浮かべた聯は、真っ赤な唇を静かに動かす。

「ただ問題なのは、今のところそれらに何の繋がりもないということなの」

「繋がりがない？」

光啓は思わず尋ねた。

「すべて『Ｓａｔｏｓｈｉ　Ｎａｋａｍｏｔｏ』のビットコインを狙った誰かの動き

だと考えて、僕たちを集めたのでは？」

そう問いかけはしたが、光啓にもわかってはいた。確かに『Satoshi Nakamoto』のビットコインは恐ろしいほどの大金だが、作之助や川端が先程から匂わせているような組織の上層部に繋がる人間が、そのためだけにそんなリスクの大きな組織の動かし方をするのは不自然だと。

「逆に、あなたならどう思う？」

そんな光啓の内心に気付いたのか、聯は面白がっているように目を細めた。

「わたしが知る限り、あの贋作師を自ら尋ねたのはあなたたちだけ。そして、あのタイミングであなたたちの存在に目を付けられる人間は限られている。それなのに警察関係者が事件後すぐに殺人を強盗に切り替えた……おかしいじゃない？」

「……贋作師はすでにマークされていた？」

「あくまでまだ可能性だけれどね」

光啓の答えに、満足そうな頷きが返る。

「そして強盗と誘拐の件だけど、こちらは……作ちゃんのほうが詳しいわね」

「変な呼び方すんじゃャネェよ」

作之助はチッと舌打ちしながらも聯の視線を受けて口を開いた。

「そうだな。本来ならテメエらみたいなカタギに関わるのはリスクがでけぇ。強盗なんざ最たるもんだ。俺らはそこのプログラマー野郎を張るきっかけを作らされた感じがする」

口こそ悪いが冷静に分析する作之助に、今度は「じゃあなんだ？」と川端が眉を寄せた。

「繋がって見えとるだけの偶然じゃ言うんか。そいつはちぃと無理がないか？　これだけ接点があるっちゅうに。どれだけ金と権威があっても足らんっちゅう連中は山ほどいる。やはりほうぼうに顔が利く人間が金目的で――」

「短絡的なヤツは、目の前のわかりやすい道筋に飛びつきやすいんだよなァ」

そんな川端を煽るように、作之助がにやにやと口角を上げる。

「一見繋がってるように見えるのは、単に『目的が同じだから』……だろ？」

「『Ｓａｔｏｓｈｉ　Ｎａｋａｍｏｔｏ』のコード……あるいは、僕らのまだ知らないその先の何か……」

「そうね、これは単なる宝探しの話だけではなさそう」

「何か知ってんのか？」

「女の勘よ」

作之助の問いに聯はそう冗談めかして笑ったが、その目は少しも笑っていない。

「今はまだ、情報が足りない。あなたたちと同じようにね」

聯が大袈裟に肩をすくめるのを見ながら、光啓はひらめくものがあって「もしかして」と口を開いた。

「聯さんは僕らを使って情報を得るつもりですか？」

「合理的でしょう？」

その言葉に否定はなく、むしろ当然のように聯はにっこりと微笑んだ。

「あなたたちは、この事態をただ傍観するだけではいられないはず。何しろ当事者だもの。それなら、お互い余計な探り合いをする時間がもったいないわ」

「そうは言うがのぉ」

一応は否定しないでいるが、川端はあまり乗り気ではないようだ。

「このガキどもが、どこまで信用できる？　特にそこのヤクザもんなんざ社会のゴミじゃろが」

「あぁ？　ゴミより腐った刑事がどの口で言ってやがる」

とたんに噛みついた作之助との間でバチバチと視線の火花が散り始めたが、正直光啓にとっては信用できなさ具合もガラの悪さもどっちもどっちだ。

（僕らにしたって、こんな危ない人たちを信用なんてできるわけがない……でも、聯さんの言う通り、この人たちからの情報はこれからも必要だ）

ジレンマだな、とため息をついた光啓の脳裏にふと、あの言葉がよみがえった。

――どうやって信用する？

光啓が最初に手にしたコードが、再び光啓に問いかける。まるで今の状況になることを想定していたような言葉だな、とぼんやり思った、その時だ。

（……いや、待てよ？）

ぱち、と何かが光啓の脳裏で音を立てた。

「……必ずしも信用は必要ないんじゃないですか？」

「芥川さん？」

奈々が意味がわからないと言ったように顔を困惑させるが、光啓は頭の中に浮かんだ考えの輪郭をなぞりながら口を動かし続けた。

「そう、お互いが信用し合えなくても、問題ない構造があればいいんだ……」

「何が言いたい？」

作之助が不審そうに眉を寄せる。一方、光啓は頭の中が何かに導かれるようにどんどんと整理されていく感覚を覚えながら続けた。

「少なくとも、僕らはお互いの情報が必要ですよね。そして相手から情報を得るには自分からも正確な情報を出さなければ信頼関係は生まれない」

信用が関わってくるのは、その後だ。その情報を誰かが独占的に利用する、あるいは自分の利益のためだけに使うのではないかという疑いがお互いの信用を損ね、情報の開示を躊躇わせる原点だ。つまり。

「情報を開示しあった後、誰かひとりがその情報を勝手に使ったり、独り占めするために改竄や消去することをできなくすれば、お互いが信用できるかできないかは『関係ない』」

「なるほど、そっか！　そーゆー仕組みを作ればいいってことだな！」

順が何事か閃いた様子で声を上げたのに、光啓は彼が理解できているだろうという前提で「できる？」と尋ねると、順は「ちょっと待ってろ」と光啓から虚空に視線を移した。

「ネットワークの構築がちょーっと面倒だけど、プラットフォームはすぐ作れる。コンソーシアムチェーンで多数決合意が、一番意図に近いか？　コンセンサスアルゴリズム組むのは時間かかりすぎるしな。けど今回の場合、オープンソースじゃ……」

そのままぶつぶつと自分の世界に入ってしまったので、何を言っているか一部理解

できないでいた光啓だったが「はーん、なるほどな」と、作之助が感心したように言った。

「ブロックチェーンの技術……ビットコインの仕組みと同じってわけだ」

意外にも、光啓の意図と順の言っていることとの意味を理解したらしい。面白がるような声をしているが、作之助は目の奥にちかちかと強い好奇心と興奮を示しながら光啓を見やる。

「強制的に全員を信用させ合わせようとするなんて、考えてもみなかったぜ」

「よぉわからんな……説明を頼むわ」

作之助とは対照的な不満顔を見せた川端に光啓は答えた。

「このメンバー間だけで共有できる仕組みを作るんです。対面での情報交換は、力ずくで奪われたり、罠をかけられるリスクが高い。だから、ネットで行えるようにしたい。けど、それだと今度は第三者も含めての漏洩や改ざんのリスクがあるし……彼が圧倒的に有利です」

光啓の目が順を見て、川端が「正直なことだ」と笑う。光啓は続けた。

「実際のところ順に限った話ではなく、誰かが管理者となって少しでもアドバンテージを持った仕組みでは、不正が行われる可能性を捨てきれない。だから、特定の管理者が存在しない仕組みを作りたいと考えています」

説明の意図がわかったのか、川端は皮肉に笑った。

「なるほど、お互いが信用できるかできんか関係なく『情報そのものを信用させる』っちゅうのはそういう意味か。しかし、難しそうなことを――」

「そう、難しいんだよ！」

唐突に順がテンション高く入り込んで、川端の肩は少しだけびくっと震えた。

そんな彼の様子を気にすることなく順は誰にともなく続けた。

「こいつが言ったみたいに、ブロックチェーンってのは特定の人間に有利じゃ駄目なんだ！　だから、オープンソースが鉄則。ビットコインも同じで暗号化はされてない。それだとアクセス記録も残らない、つまり外部のやつが見にきてたとしても検知できないから駄目……色々工夫したいけど、ソフトウェア側だけじゃどうしたって穴ができる。ハード側の問題が解決しねーとな。セキュアエレメントで保護したバリデータ用の特注PCを人数分用意してってパターンがやれればいいんだけど……」

「特注PC……？」

「あと情報が外部に保存されないように、特注スマホを人数分な」

「スマホって特注できるんですか!?」

奈々の問いに順は、にぃっと笑ってから……かくっと頭を落とした。

「聞いたことねー。俺が言ってるＰＣもスマホも企業が作るってレベルのもんだ……」

「必要な仕様は説明できるかしら？」

聯が興味深そうに首を傾げながら順に問いかける。

順はきょとんとして。

「もちろん、できるけど……」

「ツテがあるわ。ＰＣもスマートフォンも最近の裏稼業じゃ色々とお世話になることが多いから、大抵のものならなんとかできるわよ」

「マジか!!　おおおお、やったーーーー!!」

尋常じゃない喜びようの順に、それまで半ば置いて行かれていた面々はぽかんとしていた。

「えっと……とにかく、なんとかなりそうなみたいだね」

光啓は気を取り直すように川端、作之助へ向けて告げた。

「『互いの信用を必要としない』情報共有方法が」

＊＊＊

「なんだか、濃い集まりでしたね……」

順の準備が終わったら報告をする約束を聯と交わし、それぞれが帰路につくなかで、奈々が深々とため息を吐き出した。

「私、ほとんど意味がわからなかったんですけど……どういうことなんですか？」

「うーん……『Ｓａｔｏｓｈｉ Ｎａｋａｍｏｔｏ』のコード探しに巻き込まれた者同士、情報を共有化していきましょう……ってことかな」

光啓はどう噛み砕いたものかと悩みながら続ける。

「それぞれ目的も立場も違うけど、だからこそそれぞれ違った情報を手に入れられる。それをお互いの目的のために対等に利用できるように、仕組みを作ることになったんだよ」

「俺だけどな！　作るのは！」

光啓の説明に割り込んで、順がにかりと笑った。

「にしても、面白い思いつきだったぜ。ブロックチェーン技術を脅迫めいたことに使うなんてさ～」

「人聞きが悪いよ」

順が面白がるように言うのにため息をついて、光啓は首を振って否定する。

（まあ強引な手段ではあったかもだけど……腹の探り合いも情報の小出しも、時間の無駄だと思っただけなんだよな……）

お互いを監視し合う仕組みがあればこそ、対等な状況で情報を確実に手に入れられるという保証を得られ、そのメリットを生かすためにはより多くの情報を自ら吐き出さざるをえない、という前提を作っただけだ。結果、全員が相手を疑うことなく情報を手にできる状況が作り上げられるわけである。

「僕はただ、情報を合理的に扱う手段を――」

その時だ。光啓のスマートフォンから流れる電子音が、着信を告げた。それは、もしもの時があってはいけないからと、特定の相手にだけ設定してあったメロディだ。

「高見さん……」

液晶に表示されたその名前にためらいはあったが、ぐっと決意して光啓が通話ボタンをタップすると、しばらくの沈黙の後で、か細い女性の声が言った。

『芥川さん……ですよね』

「はい」

先日のことを思えば、光啓が答える声が硬くなるのも仕方ないことだろう。

『私のことを……信じられないのは、わかっています。でも……』

冷たい反応が返るのがわかっていたかのように消え入りそうな声が吐き出された。

『私……芥川さんに、お話しなければならないことがあるんです』

その声は、怯えるように震えながらも、何かの決意が奥にあるような、そんな声だった――……。

第十九話

『私……芥川さんに、お話しなければならないことがあるんです』

電話越しでも、その声が怯えたように震えていたのがわかった。

「何をですか」

そう返した光啓の声が思いのほか大きくなったせいで、奈々と順がびくっとしたが、光啓には構っている余裕はなかった。

「僕を盗聴していた理由ですか？　それとも、あのメッセージの主の件ですか？」

『…………っ』

ついたたみかけるように口にしたせいか、スマートフォンの向こうで小さく息を飲む音が聞こえ「すいません」と謝ってから光啓は深呼吸し、もう一度口を開いた。

「……責めるような言い方になったのは、謝ります。でも……僕はどうしても『そこ』が知りたいんです」

『…………』

「高見さんはずっと……一葉のことを親身になって看てくれていました。そんなあなたが何故なんだと、僕は……」

真実を聞き出すためには、淡々と冷静に話をしなければいけない。だが、その考えと反して言葉に熱がこもってしまう。一葉の入院からずっと、面倒を見てくれていた。発作で苦しむ一葉のため、職務を超えて寄り添いもしてくれた。その姿に嘘は無かったと思いたいのだ。

(私情を入れるべきじゃないってわかってる。感情のバイアスは自分に都合の良い解釈を生んでしまうものだって。でも……)

自分たちを裏切った彼女よりも、自分たちを助けてくれていた彼女を信じたい。そんな気持ちが声に乗って伝わったのだろうか。

『……私、だって……』

とか細い声が微かに漏れ聞こえた。泣いているのかもしれない。そのまましゃくりあげるような音がしばらく続く。光啓は祈るような気持ちで彼女の言葉を待った。

「……芥川さん」

そんな横顔を、奈々が期待と不安が入り交じるような顔で見上げてくる。寧のことを光啓と同じように信じたいと思っているのが彼女の表情から伝わって、光啓はぎこちなく笑みを返した。

『…………』

数十秒か、数分か。三人の周囲を人々が次々にすれ違っていく中、しばらく待っていると、沈黙の続いていたスマートフォンの向こう側から『今は、まだ……』と押し殺したような声が聞こえた。

『今はまだ、やることが……あって。もう少し……もう少し、整理がついたら、知っていることを、ぜんぶ、話します』

ためらいがちな、しかしいつもの寧がそうだったように理性的な響きを取り戻した声がそう約束し、光啓は拳を握りしめながら「わかりました」と応えた。

「……待ってます、高見さん」

＊＊＊

「よかった……よかったです……」

寧とのやりとりを、顔をふにゃふにゃさせて喜んだのは奈々だ。口には出してこなかったが、ずっと寧のことを気にしていたのだろう。

「やっぱり、私たちを騙してたわけじゃないんですよ……！　ちゃんとお話を聞いたら、疑ってしまったことを謝らないと……」

嬉しげに語る奈々だったが、順は微妙な顔で光啓と顔を見合わせた。彼の言いたいことはわかる。特に順はヤクザに誘拐された張本人だ。どういう意図があったにせよ、彼女が犯罪の一翼を担っていたのは事実で、怪我などは無かったものの被害が出てしまっている以上、彼女が自分たちを騙していたのかどうかを気にする次元はもう過ぎているのだ。

（それに、まだ真実がわかったわけじゃない）

彼女の裏には、本意にしろそうでないにせよ、彼女がそうせざるを得なかっただけの「何か」があるのは間違いない。それがわかるまではまだ油断はできないし、彼女が本当に真実を語るかどうかだってわからない。

そう自分に言い聞かせる光啓だったが、そうやってあえてマイナスの可能性をあげつらねなければ気が緩んでしまうほど、自身が安堵していることに気がついていた。彼女にも何か事情があったということがわかっているだけで……信じてきた寧の人間性が偽りでは無かったと思えるだけで、こわばっていた心が慰められていた。

（疑うのって……しんどいもんな）

光啓は、自分がどちらかというと冷たいと言われる部類の人間だと理解している。施設にいた頃から光啓の他人に対する考え方は変わらない。

来る者は拒まないが、去る者を追うこともしない。肝心なのは自分たちの味方か、そうでないか。光啓は一葉のためにずっとそうやって合理性をつきつめて生きてきた。けれど、全てをそうやって割り切れるわけじゃない。

（僕だって……ちゃんと信じたい）

それが今のような状況では危険を招く甘さだとはわかっていても、寧が真実を明かしてくれることで、再び、信じられる相手になることを期待している。

（それに……気になることだってある）

メッセージに表示された『Ｓａｔｏｓｈｉ　Ｎａｋａｍｏｔｏ』の名前。それが本人にしろ騙りにしろ、その動きを辿れば、メッセージを送った者の意図が見えてくる可能性が高い。

光啓は前向きな気持ちを胸に、スマートフォンを握りしめたのだった。

＊＊＊

「せっかくだから、お昼一緒にしませんか？」


奈々がそんなメッセージを送ってきたのは、その翌日のことだった。

光啓が向かった取引先の近くで、彼女も仕事の用事があったらしい。ふたりのいる位置からちょうど中間地点にある小さな定食屋で合流した奈々は、先日のことがよほど嬉しかったのか、ランチのサンドイッチにかじりつきながら「早く連絡くれると良いですね」なんて言っている。

「もしかしたら、何か大きなヒントがあるかもしれませんし！」

「あちらもコードを探しているのなら、手がかりはあるかもね」

そう簡単な話でもないだろうが、実際に自分たちにちょっかいを出す——もっといえば敵対するかもしれない相手の輪郭がわずかでも見える可能性があるのはありがたい。

（ただ……高見さんのスマホからデータは消されてるし、どこまで情報がとれるかは

分からないけどね)

正直、光啓はあまり多くの手がかりは期待してはいないが、さすがにそれを奈々に口にするようなことはしない。彼女にとっては、手がかりそのものよりも寧が味方であってくれるほうが重要なのだ。

嬉しい気分をそのまま表したかのように、もくもくと一気にランチプレートを平らげて、あとはデザート、となったところで「そういえば」と奈々は思い出したように言った。

「徳永さんが作ってるっていうシステム? でしたっけ、あれはどうなったんですか?」

「ああ、そうだ、志賀さんにも渡しておかないとね」

忘れていたわけではないが、忙しさですっかり伝えそこねていたことだ。光啓は聯が用意してくれたスマートフォンを取り出して奈々に画面を見せた。そして、微妙なデザインのアイコンをタップしてアプリを立ち上げてみせる。画面を覗き込んだ奈々は、思わず「うわあ……」と声を上げた。その意味は明白なので、光啓もしみじみと頷いた。

「使い勝手はいいんだけど、デザインが壊滅的なんだよなあ……」

順はプログラミング関連については本当に天才的なのだが、いわゆる美的センスというものはいまいちだ。突貫で作ったアプリということもあって、原色の背景に蛍光の文字というやたら目に厳しい配色で、メニューを開くのにも苦労する。

（後でそのへんも修正させないと、使いにくいよな……特に川端さんあたりが）

そんなことを思いながら、説明を続ける。

「情報の登録はここ。カテゴリを選んで入力したら、いずれかのバリデータ用PCを通して情報がブロックチェーンにストックされてメンバーに通知がいく」

「あの、バリデータって……」

「このブロックチェーンでできた情報共有システムの管理者……情報履歴を検証し、新たな情報を承認して記録する人のこと。今バリデータ用PCを持って管理しているのは僕、聯さん、川端さん、作之助さんの四人、だね。そして、この半数以上のバリデータが正しく機能している限り、例えば、誰かひとりのバリデータ用PCの情報を改ざんしたり消去したりしようとしても、それが実現することはない」

「……うぅーん……」

「えっと……仕組みはわからなくても大丈夫だよ。今は使い方がわかれば。で、続きだけど、情報を見たいメンバーは、ブロックチェーンにアクセス期限を含むリクエストを行うんだ」

「アクセス期限を設けるのはなんでですか？」

「中に情報を残しっぱなしにするのは第三者に漏れる可能性があるからね。期限が過ぎたら消去されるようになってるんだ。それから――」

他にも閲覧制限つきの情報登録（そこにはコードの情報ももちろんある）の仕方やコメントの付けかたなども説明していると、奈々は感心したように目を瞬かせた。

「へぇ～……なんだか、口コミサイトみたいですね？」

「そうだね」

光啓はふんわりと頷いた。この特注スマートフォンは見た目こそ、市販のものとあまり変わらないし、順が作った専用アプリ以外の一般のアプリも入れて使えるので普段使いもできるが……。

（聯さんが用意してくれた、このスマホやバリデータ用PCには、順が開発したOSシステムが書き込まれたROMとセキュアエレメントが搭載されてる。OSシステムはオープンソースでメンバー全員がチェック済み。二度と書き換えはできないから、PCもスマホも取り決めた通りにのみ動作する。他への情報転送は不可能だ。さらに、セキュアエレメントがデータと通信の安全性を確保。ハッキングや物理的な手段でデータに手を出そうとすれば自己破壊される……）

先程奈々に話した内容の何倍もややこしく、そして、聯と順のとんでもなさを秘めたその説明を頭の中だけにとどめ、光啓は奈々への使い方の説明を続けた。

「でもこれ、書き換えられないなら、もし後から間違った内容だった！　ってなったらどうするんです？」

「そういう時は追記として情報更新を宣言するんだよ。こっちをタップして……」

と、その時だ。

「なんだ、こんなところでデートかい？」

「ち、違います」

「違いますけど」

突然、頭の上から降ってきた声に、反射的にふたりが応えて振り向くと、見覚えのある男がにやにやと面白がるような顔をして立っていた。

「本当か？　ずいぶん仲よさそうにしてるからてっきり……」

「もう、梶井さんってば！」

顔を真っ赤にした奈々がぱっと離れ、それでようやく光啓も説明のためとはいえ顔を近づけすぎていたことに気付き、妙にそわそわした心地になる。

「たまたま近くで仕事だったので、ご一緒してるだけですよ」

そのせいか、別に言わなくていい言い訳を口走ってしまった光啓は、それが逆効果だと言ってしまってから気付いた。

「ふーん、ほーう、たまたまねぇ?」

案の定、梶井は意味ありげな言い方をしながら、探るようにふたりを交互に見てきた。やっかいそうな空気を感じて、光啓がどうやって彼の勘ぐりをごまかそうかと思案した……その時だった。

最近では珍しくなった定食屋据え置きのテレビが、バラエティからニュース番組に変わると、本日のトピックスとしてそのニュースは淡々とアナウンサーの口から告げられた。

『昨日、病院内で女性医師の高見寧さん三十二歳が遺体で発見されたと、警察の発表で明らかになりました。遺書が見つかっていることから、自殺として捜査が進められているとのことです――……』

NEWS
日、病院内で医師の高見寧さん(

第二十話

高見寧の死を告げるニュース。

それは余りにも唐突過ぎて、よくあるニュースのひとつと聞き流すところだった。

光啓がばっと顔を上げると、テレビには一葉の入院先の病院と高見寧の名前が画面に映し出されていた。

「……うそ」

とっさのことで固まってしまった光啓の正面で、奈々は顔を蒼白にさせながら、口に出ていると自覚もなさそうに「うそ」と繰り返した。信じたくない、信じられない。震える声がそう言っているが、それは光啓も同じだ。

（……どういうことなんだ？）

指先が冷たくなっていくのを堪えながら、ざわつく店内に流れるニュースに耳をすます。

『警察の発表によると、高見医師の遺書には病院内で数年前に発生した医療ミスについて、内容を認知していたにもかかわらず指摘を行わなかったことを長年苦にしていたことが綴られていたと――……』

「嘘だ」

機械のように正確な発声で流れていくニュースに、光啓は思わず反論が口から出た。

（そんなはずない）

遺書が残っていたのは間違いないだろう。もしかしたらその中身も、事実ではあるのかもしれない。けれどそれが、自分たちに知らされる前にこんなかたちで表に出るはずがない。彼女は光啓に「すべて話す」と言ったのだ。

それは奈々も同じ気持ちだったのだろう。

「こんなの、おかしいです……ッ」

だんっと自分のいる場所も忘れたように、奈々がテーブルを叩いた。

「こんなの……こんなのって……！」

あまりの剣幕にしん、とした空気が店内に流れる中で視線が痛いほど集中するのに、光啓は奈々を引っ張るように立ち上がらせると、支払いを済ませて足早に店外へ出た。

「志賀さん、落ち着いて」

「だって、だって……っ」

店を出た途端に、奈々の体はかたかたと震え始めた。見れば、指が白くなるほど拳を握りしめている。涙は出ていないが、まだショックの方が大きいからだろう。

「き、きっと……きっと、何かの間違いです、こんなの……っ」

信じたくない、と奈々の全身が言っている。光啓も気持ちは同じだ。しかし、流れたニュースを否定する材料はない。ただわかっているのは一つだけだ。

「自殺なんて……するはずない」

「高見って医者は、知り合いか？」

思わず呟いたとたん、側から聞こえた声にばっと振り向くと、何故か梶井がふたりの後ろに立っていた。光啓たちが店を出たのを追いかけてきたのだろうか。

「……何ですか」

「いや、奈々ちゃんの様子がおかしいんで、気になってな。で？　どうなんだ？」

梶井に促され光啓は頷いた。

「……はい。とてもお世話になっていました」

隠したところでしかたがないと判断して、詳細は言わずに頷くのに留めると、ふむ、と梶井は微妙な顔で顎をさすった。

「何か？」

その態度が引っかかり、自分たちに聞くだけ聞いておいて何も言わないのか、という抗議を含んだ声で光啓が返すと、梶井は「うーん」とわずかにためらった様子を見せつつも口を開いた。

「なんつーのかね、この事件……妙なことがあってな。気になってんだ」

「妙なこと……ですか」

「まずは報道だな」

光啓が首を傾げると、梶井は淡々と説明を始めた。

「普通は遺体が発見された時点でニュースになるもんだ。言っちゃあ悪いが、ただの自殺なんざ警察が隠すほどの事情なんてもんはないからな」

遺書も現場にあったのだから、警察としてはニュースの真偽とお定まりの「捜査を進めます」という事実を公表する以外特にすることはない。そう言いながら、梶井はぼりぼりと頭をかいた。

「だってのに、今回は遺書の内容を警察で発表するまで報道規制がかかってた」

その言葉に、光啓は無意識に眉を寄せる。

(確かに……僕らにとってはともかく、世間的にはただの医者ひとりの死にわざわざ報道規制をかけるなんて、ちょっと異常だ……)

哀しいことではあるものの、現代社会では自殺そのものはありふれてしまっている。

集団自殺を招くような著名人などの衝撃的な状況でもなければ、規制をかけなければならない内容とはとても思えない。

そこまで考えて、光啓はふと梶井の言葉に引っかかりを覚えた。

「……遺書を発表するまで報道規制、ってことは事件が起きてからそれなりに時間が経ってるってことですか？」

「そうさ」

妙なのはそれもだ、と頷いて梶井は説明を続ける。

「一般人に詳しく話すわけにゃいかないが、遺体の発見から現場検証までそんな時間は空けてなかったはずなんだが、遺書の確認までえらく時間がかかってたみたいでな」

いったい何に時間がかかったんだか、と梶井は肩をすくめる。

「まあ、ニュースでも言ってたが、病院の医療ミスについて触れてたってことだから、事実確認なんかの必要もあったのかもしれんがね」

「そういえば、医療ミスがあったっていうのは、事実なんですか？」

「さあなぁ……ただ、ああやって公表したってことは、さすがに裏は取れてるんじゃないか」

「……それは、そうですよね。もしそれが勘違いなら、病院が濡れ衣を着るわけで……」

光啓は途中まで梶井の話を噛み砕いていたが、ふと違和感を覚えて目を瞬かせた。

（……なんで、この人は報道規制のことを知ってるんだ？）

梶井が警察関係者なのはわかってはいるが、それにしても詳しすぎるのではないか、と光啓は心中で警戒がわき上がるのを感じていた。

（捜査関係者ではなさそうなのに、事件のことに妙に詳しい……それとも、こういう情報は警察関係者同士なら結構共有されてるものなんだろうか）

ゆるゆると膨らんでいく疑念に、光啓は無意識に手をポケットに突っ込んで自身のスマートフォンに触れていた。

（あとで、アプリで川端さんに情報を求めておこう。それから……）

事実の確認を進めないと、と光啓が頭の中でこれからのことを組み立てはじめた、その時だ。

「なんですか……なんなんですかっ……！」

奈々がどこか苛立ったような声を上げて光啓の思考を遮った。光啓と梶井が驚いて視線を向けると、先程まで俯いていた奈々は、キッと睨むような視線をふたりに向け

ていた。

「報道規制だかなんだか知らないですけど、そんなこと、どうでもいいです！」

彼女らしくない荒れた声には強い憤りがある。最初はその勢いに圧された光啓だったが、すぐに奈々の中のやりきれない気持ちに気がついた。

奈々は一葉のお見舞いに来るたび、診察に来ていた寧と話していたし、姉のように慕っている姿を何度も見かけた。

彼女の裏切りがわかった後も、奈々だけはずっと彼女のことを案じ続けていたのだ。

「……ごめん」

そんな相手の死に酷く傷ついている彼女の前でする話ではなかったと今更ながらに光啓は気付き、目の端から今にも涙をこぼしそうな奈々の肩をそっと叩いた。

「医療ミスだとか隠蔽だとか！　寧さんは、寧さんはそんな人じゃ……!!」

「うん、そうだね……高見さんは、責任感が強い人だったから……」

言いながら、そうだ、と光啓も思い返していた。

（……あんなことがあったけど、高見さんは責任感が強い人だった。そんな人が、すべてを話すと言っていたのに、自殺なんてするはずがない）

改めて強く湧いた疑念に、光啓は奈々を慰めるように、同時に自身の決意を表すように口を開いた。

「きっと何かある……高見さんが、巻き込まれた何かが」

＊＊＊

その後、ばつが悪そうにしている梶井と別れてから、奈々は現場である病院に行きたがったが、今は報道陣でごったがえしているだろうからと説得して家に帰るよう勧め、光啓は急いで情報共有用のスマホで寧のことを登録してその周囲の情報を待った。

すぐに誰が情報にアクセスしているかの通知が入る……最初に反応があったのは作之助からだった。特に情報は無いようだったがやけに詳細を知りたがっている様子で、一時的なものとは言え繋がりがあった彼女の死には、何か思うところがあったのかもしれない。

そして、肝心の川端から情報があったのはその晩のことだ。彼のコネクションを通じてあれこれ探りを入れたらしく、遺書についても細かい情報が登録されていた。

「……やっぱり、不自然だ」

自殺の引き金になったとされている医療ミスは、報道のされかたに反して大きなものでは無く、電子カルテの記載に誤りがあったことが原因で看護師が投薬を誤ったというもので、副作用はあったものの病状を悪化させるようなものではなかったという。

（もしかしたら、高見さんが僕らを裏切った原因は、この医療ミスを弱みとして握られているからなのかとも思ったけど……脅しの種にするには弱すぎる）

ましてや自殺なんてありえない。こんなことで、責任感の強い寧が自らの約束を投げ出すわけがない。

そう、光啓が違和感を深めている最中のことだ。遅れて、川端から送られてきた追加情報のトピックスに、光啓は思わず目を瞬かせた。

「……高見さんが、三人目……？」

それは、思いも寄らないことだった。

川端の調べでは、医療ミスが起こったと思われる病院での医師の自殺が今年に入ってこれで三件目なのだという。最初は、他の二件の自殺に関連性はまったくないと思われていたのだが、二件の自殺の状況と今回見つかった遺書の内容に、一部の警察官が類似を感じたことで改めて自殺者の周囲を調べたところ、勤めている病院内での医療ミスの発生という共通点が見つかったのだそうだ。

（もし……これがすべて、自殺では無かったんだとしたら……？）

はじめは、『Ｓａｔｏｓｈｉ　Ｎａｋａｍｏｔｏ』に関わる死は、それを探そうとする人間たちの周りだけで起こっているものだと思っていた。

しかし、日々流れるニュースの中に埋もれて気付かないような、そんな日常の中ですでに起こっていた死の気配に、光啓は冷たいものが背中を流れていくのを感じたのだった……。

ザ・サトシ・コード　I

2024年5月10日　第1刷発行

著　者　呉 一帆
逆凪 まこと/FCP

イラスト　吾妻 ユウコウ

発行者　太田宏司郎
発行所　株式会社パレード
大阪本社　〒530-0021　大阪府大阪市北区浮田1-1-8
TEL 06-6485-0766　FAX 06-6485-0767
東京支社　〒151-0051　東京都渋谷区千駄ヶ谷2-10-7
TEL 03-5413-3285　FAX 03-5413-3286
https://books.parade.co.jp
発売元　株式会社星雲社（共同出版社・流通責任出版社）
〒112-0005　東京都文京区水道1-3-30
TEL 03-3868-3275　FAX 03-3868-6588
装　幀　藤山めぐみ（PARADE Inc.）
印刷所　創栄図書印刷株式会社

ISBN 978-4-434-33718-5 C0093